L'ASSASSIN A PEUR LA NUIT

CHEZ LE MÊME ÉDITEUR

Collection « Les Maîtres de la Littérature Policière »

André-Paul Duchâteau	LA CLÉ SUR LA PORTE
André-Paul Duchâteau	DE 5 À 7 AVEC LA MORT
André-Paul Duchâteau	LA VILLE AUX DEUX DÉMONS
André-Paul Duchâteau	DOUBLURE POUR UN ASSASSIN
Richard Forrest	LA MORT À TRAVERS LE MIROIR
Marie-Thérèse Labat	CADAVRES SUR CANAPÉS
Michel Lebrun	REPRODUCTION INTERDITE
Hugues Morin	LES VEUVES DE SAINT-AUBRY
Maurice Périsset	LE FOULARD D'ACIER
Paul Pines	L'ANGE DU JAZZ
Jacques Sadaul	TROIS MORTS AU SOLEIL
Jacques Robert	QUELQU'UN DERRIÈRE LA PORTE
Louis C. Thomas	POUR LE MEILLEUR ET POUR LE PIRE
Louis C. Thomas	LA COMPLICE
Pierre Véry	LES QUATRE VIPÈRES
Pierre Véry	MEURTRE QUAI DES ORFÈVRES
Gérard de Villiers	LES SOUCIS DE SI-SIOU
Gérard de Villiers	LA MORT AUX CHATS

Collection « Scotland Yard »

J. B. Livingstone	MEURTRE AU BRITISH MUSEUM
J. B. Livingstone	LE SECRET DES MAC GORDON
J. B. Livingstone	CRIME À LINDENBOURNE
J. B. Livingstone	L'ASSASSIN DE LA TOUR DE LONDRES
J. B. Livingstone	LES TROIS CRIMES DE NOËL

Collection « Dossiers du Quai des Orfèvres »

Maurice Périsset	CATAFALQUE POUR UNE STAR
Maurice Périsset	LES MAÎTRESSES DU JEU
Maurice Périsset	LES NOCES DE HAINE
Maurice Périsset	ARRÊT SUR L'IMAGE
Maurice Périsset	LE BANC DES VEUVES

PIERRE VÉRY

L'ASSASSIN A PEUR LA NUIT

Collection
LES MAÎTRES DE LA LITTÉRATURE POLICIÈRE
LE ROCHER
Jean-Paul Bertrand
Éditeur

ISBN : 2-268-00477-5

À HÉLÈNE
ET À GASTON CONORT,
LEUR AMI,
P. V.

En septembre 1939, mon cher Gaston, nous nous trouvions tous deux dans une école maternelle, à Paris. On ne nous avait pas envoyés dans cette école pour apprendre l'alphabet, mais pour défendre notre pays. A cet effet, on nous avait priés d'endosser un costume mi-bleu, mi-kaki sous lequel nous nous sentions peu enclins à prendre des allures de don Juan, car il n'avait pas été coupé spécialement pour nous.

C'est là, que, militaires de deuxième classe, nous avons fait connaissance, et c'est là que nous sommes partis pour la grande expédition de Saint-Germain-en-Laye où nous fûmes femmes de ménage, t'en souvient-il, et demoiselles dactylographes.

C'est là que tu m'as initié aux secrets aimables de la géomancie.

Acceptez donc, Hélène et toi, la dédicace de ce livre où la géomancie dit son mot.

PREMIÈRE PARTIE

I

UNE FAUTE DANS LE TITRE

La lueur de la lune frappait de biais les barreaux du soupirail, descellés à leur partie inférieure, et recourbés.

— On va avoir des ennuis ! J'ai un pressentiment.

— Imbécile !

Il y eut un léger déclic ; le faisceau d'une lampe électrique éclaira des objets que l'on ne trouve pas d'ordinaire dans une cave : des dossiers, une machine à écrire, une machine à calculer, des piles de livres, des rames de papier de luxe.

Dans un casier, cependant, quelques bouteilles.

— Hé, hé ! fit Bébé-Fakir.

Ce n'étaient que des bouteilles d'encre !

Les deux hommes portaient des gants de caoutchouc et avaient passé sur leurs chaussures des pantoufles de feutre. Olivier ouvrit une étroite valise, très distinguée, en peau de porc. Elle renfermait des outils aussi élégants que des instruments de chirurgie ; pinces, clés retournées, crochets, rossignols, ouistitis, des fioles garnies d'acides, des tampons d'ouate, des postiches, une burette d'huile : l'attirail du parfait cambrioleur. Elle contenait aussi un browning. Olivier le mit dans sa poche.

Il huila la serrure d'une porte basse et y introduisit

un crochet qu'il tourna précautionneusement, en fermant les yeux pour accroître la délicatesse du toucher.

Le pêne glissa silencieusement.

Olivier passa dans un couloir.

— J'ai un pressentiment, répétait Bébé-Fakir. On devrait laisser tomber : on va avoir un « pépin ». Ce matin, j'ai fait un tableau de géomancie...

— Le contraire m'aurait surpris ! Maniaque, va !

— Mon vieux, pour savoir l'avenir, il n'y a pas mieux que la géomancie. La géomancie enfonce tout. Eh bien, la géomancie m'a répondu...

— Ta bouche, Bébé.

— Comme tu voudras.

Bébé-Fakir, un individu d'une quarantaine d'années, taillé comme un fort des Halles, mais dans le genre mou, se chargea en soupirant d'un chalumeau oxhydrique et de divers accessoires.

Olivier rajustait le nœud de sa cravate. Il était coquettement vêtu. C'était un vigoureux garçon brun de vingt-six ans, aux traits dédaigneux. Il était séduisant, et ne l'ignorait point. Des yeux sombres, fiévreux, un sourire dur, des mains aristocratiques. Il avait un tic : il jetait fréquemment ses doigts sur ses yeux. Lorsqu'il les retirait, les paupières demeuraient fermées quelques secondes, puis, brusquement, les yeux s'ouvraient tout grands.

Il approcha le browning du visage de Bébé-Fakir et pressa sur la gâchette. Bébé-Fakir avait avancé les lèvres : il cueillit une cigarette au bout du canon, comme on gobe une cerise, à même l'arbre. Olivier renouvela l'opération pour son compte.

— En route !

Il avait une voix brève, impatiente.

Ils durent ouvrir encore deux portes, avant de parvenir au pied d'un escalier de service.

Au quatrième étage :

— Ici ! dit Olivier.

— Je t'assure, insista le géant mou, on va se faire

pincer ! Ce que j'en dis, ça n'est pas pour moi ; c'est pour Ida. Qu'est-ce qu'elle deviendrait, Ida, si on me bouclait ?

Il avait l'air d'une baudruche rose !

Olivier choisissait une clé dans sa valise.

— Et Lola, qu'est-ce qu'elle deviendrait si tu n'étais plus là ? gémit Bébé-Fakir d'une voix enfantine. C'est entendu tu prévois tout ! Mais...

C'était un fait : Olivier Roi ne laissait rien au hasard. L'enquête dont il faisait précéder chacun de ses cambriolages était minutieuse. Au moins autant que celle à laquelle se livrait la police, ensuite ! Et l'exécution était à la hauteur de la préparation. Aussi n'avait-il eu, jusqu'à ce jour, aucun ennui.

Une quinzaine de secondes lui suffirent pour ouvrir la porte, sur laquelle était fixée une plaque de cuivre où l'on lisait : CAFFIER, EDITEUR. Ils pénétrèrent dans le vestibule de M. Caffier.

— Le coffre-fort est dans le bureau, dit Olivier.

Ils traversèrent la salle des auteurs, la pièce des secrétaires et furent dans le bureau directorial. Ils ne s'étaient éclairés qu'avec la torche électrique.

— Méfie-toi, prévint Olivier ; il y a une marche.

Effectivement, il y avait une marche.

— Et la moquette est déclouée sur les bords. Ne te prends pas les pieds dedans !

— Tu es une mère pour moi, dit Bébé-Fakir, avec admiration.

Olivier savait tout : c'était un scientifique du cambriolage.

Il était d'ailleurs un scientifique tout court.

Ses parents, une excellente famille de Bourges, lui avaient fait faire des études poussées. Olivier devait être architecte. Cette profession lui plaisait ; il se rêvait lançant des ponts sur les fleuves, des routes à travers les montagnes, élevant des villes dans les déserts.

Mais il avait rencontré Lola Gracieuse.

Cela avait suffi pour que toutes ces constructions imaginaires s'évanouissent comme fumée. Olivier était devenu un voleur pour plaire à cette fille compliquée et sournoise. Au lieu de bâtir des maisons, il pénétrait, le plus souvent par les caves, dans les maisons que d'autres avaient bâties, et il ouvrait scientifiquement les serrures, toujours en l'absence des locataires.

— Tu peux allumer l'électricité, dit-il. Les stores sont baissés.

Bébé-Fakir tourna un commutateur, — sans succès.

— Allons, bon ! Le compteur est fermé.

— Non ! affirma Olivier. L'ampoule doit être grillée.

Bébé-Fakir tourna un autre commutateur : la pièce s'illumina. L'hercule s'avança avec gourmandise vers un énorme coffre-fort. Olivier l'arrêta.

— Aucun intérêt ! Il ne contient que des registres de comptabilité et des contrats d'auteurs !

— Alors ?

Olivier montra, au fond de la pièce, au-dessus d'une vitrine renfermant une centaine de livres reliés, deux eaux-fortes : Voltaire dans son fauteuil, Balzac en robe de chambre.

— Derrière ces illustres messieurs !

Les deux eaux-fortes masquaient un coffre étroit, encastré dans la muraille.

— Grouillons ! maugréa Bébé. Le plancher me brûle les pieds !

Il préparait fébrilement le chalumeau oxhydrique, la bouteille d'oxygène et d'hydrogène, se mettait en mesure d'attaquer le coffre. Olivier feuilletait sur le bureau de l'éditeur un manuscrit de roman policier intitulé : « Le Cercle de Sang ».

Vingt minutes de travail permirent au géant de pratiquer dans la plaque blindée une ouverture suffisante.

— Il doit y avoir cent quatre-vingt mille francs,

annonça Olivier, et il se replongea dans la lecture du roman policier.

Bébé trouva dans une enveloppe cachetée, cent quatre-vingt mille francs.

— Bravo pour ton estimation ! fit-il avec un sifflement émerveillé.

— Je suis généralement bien informé !

— Mais peut-être on a relevé les numéros des billets ?

— Non.

— Qu'en sais-tu ?

— Je le sais. Je sais toujours tout ce qu'il est intéressant de savoir !

Dix minutes plus tard, ayant scrupuleusement éteint les lampes et refermé les portes, ils se retrouvaient dans la rue.

Ni empreintes ni indices — selon la coutume.

Ils traversèrent au clair de la lune le Champ-de-Mars, en direction du Trocadéro. C'était une douce nuit d'avril.

— Qu'est-ce qui ne va pas ? jeta soudain Olivier, sentant son compagnon préoccupé.

— Ce qui m'inquiète c'est que... ça va trop bien, justement ! Dans le tableau de la géomancie...

Sur les registres de l'état civil, Bébé-Fakir était inscrit sous le nom de Marcel Ponteau. Ses amis l'avaient d'abord appelé Bébé à cause de son teint rosé, de sa face grassouillette, de ses doigts boudinés, de sa voix geignarde. Puis, ils l'avaient surnommé « Le Fakir », Ponteau s'étant mis en ménage avec une certaine Ida, voyante, qui exerçait ses talents rue de Lanneau, dans le Ve arrondissement. Ida lisait l'avenir dans les Tarots et le Cristal. Ses pratiques assuraient qu'elle était une voyante extra, d'une sensibilité stupéfiante aux influences fluidiques.

— « Tout ce qu'elle prédit est parole d'Evangile ! »

En fait, Mme Ida était une pauvre femme abrutie par le vin rouge. Les esprits qu'elle s'efforçait d'évoquer quotidiennement ne recherchaient guère sa conversation ! Néanmoins, si elle n'était pas un médium aussi bon conducteur des forces occultes qu'on le prétendait, elle l'était, à coup sûr, de la crédulité humaine, qu'elle canalisait astucieusement vers son tiroir-caisse. Parfois même, elle tirait de son commerce des indications précieuses pour l'entreprise des cambriolages. Le don de voyance de sa femme ayant rendu jaloux Bébé, celui-ci avait découvert un jour, dans un ancien traité de magie, un procédé divinatoire peu connu : la géomancie. Il s'était assimilé cette méthode et, peu à peu, en était venu à faire des tableaux géomantiques à tout bout de champ, posant les questions les plus saugrenues. D'où ce sobriquet de « Fakir ».

Bien entendu, Bébé-Fakir établissait un horoscope avant chaque cambriolage.

— Tu comprends, expliqua-t-il, comme ils passaient sous la tour Eiffel, dans mon tableau de géomancie, j'ai trouvé le signe de la *Prison* dans la *Maison du Juge.* C'est très mauvais.

Il avait des gestes suppliants et des virevoltes qui le faisaient ressembler à un gros clown lugubre.

Olivier haussa une épaule.

— Attends ! dit le géant. Je vais encore faire un tableau pour vérifier... J'en ai pour une minute.

Dans son gousset, il prit un dé, et souffla tendrement dessus (sans doute pour conjurer le sort). Puis, à seize reprises, il fit rouler ce dé sur le sol, et nota les chiffres obtenus. Dans la clarté lunaire, il traça rapidement sur une feuille de papier une combinaison compliquée de traits et de points.

— Formidable !... Je retrouve la *Prison* dans la *Maison du Juge !* On va avoir des embêtements, c'est sûr !

Il s'irrita :

— On n'a pourtant pas été vus ! Et on n'a rien oublié derrière nous !...

— Ni empreintes ni indices : c'est la devise de la Maison ! dit Olivier.

Or, il se trompait.

Pour la première fois, son enquête avait été incomplète et il avait commis une faute.

Sur les lieux du vol, les cambrioleurs avaient oublié mieux qu'une empreinte, mieux qu'un indice ; cela même qui était le plus susceptible de les conduire rapidement, ainsi que le prédisait l'horoscope, en *prison*, en passant par le cabinet du *juge*.

Dans le bureau de M. Caffier, Olivier Roi et Bébé-Fakir avaient oublié leur voix.

***

Sur un divan recouvert de trois peaux de panthères, Lola Gracieuse reposait, fantastiquement belle et parfaitement immobile. Elle suivait du coin de l'œil les allées et venues d'Olivier à travers la chambre.

— Ah, c'est malin ! fit-elle.

Il y avait un journal du matin sur la table de chevet. En première page, cet article :

« AUDACIEUX CAMBRIOLAGE
CHEZ UN EDITEUR »

« *Un vol a été commis cette nuit, vers trois heures, chez M. Caffier, l'éditeur bien connu, à ses bureaux de l'avenue La Bourdonnais. Un coffre-fort a été perforé au chalumeau oxhydrique et une somme de cent quatre-vingt mille francs dérobée. Les malfaiteurs n'en sont certainement pas à leur coup d'essai : ils n'ont laissé ni traces, ni indices, ni empreintes. Mais on ne saurait penser à tout ! Dans le bureau de M. Caffier, les voleurs ont tourné un commutateur qui malheureusement pour eux, commandait, non l'éclairage électrique mais un dictaphone perfectionné dont M. Caffier, qui travaille souvent tard dans la nuit, se sert pour dicter son courrier. La dactylographe, le lendemain, n'a qu'à remettre en marche l'appareil pour entendre la voix ainsi enregistrée. Quelle ne fut pas la suprise de cette employée lorsque, ce matin, au lieu de la voix de son patron, elle entendit — assez confusément, certes — des personnages inconnus tenant une conversation édifiante qui fut bientôt suivie d'un sifflement sur la nature duquel il n'y avait pas à se tromper ; c'était le sifflement de la flamme du chalumeau oxhydrique attaquant le coffre. Le dictaphone a été saisi par les Services du quai d'Orfèvre, et transporté au Laboratoire de Police Technique. Sa sonorité va être considérablement accrue par l'adjonction d'appareils amplificateurs. Ces amplificateurs seront eux-mêmes secourus par des microphones ultra-modernes. On pourra donc reconstituer avec une saisissante fidélité la scène du vol, et noter chaque mot du dialogue des cambrioleurs. D'ores et déjà, nous savons qu'ils ont eu l'imprudence de prononcer des noms. Leur arrestation, n'est par conséquent qu'une question d'heures. Peut-être même M. Paluaud, le fin limier de la Police Judiciaire chargé de l'enquête, s'apprête-t-il à mettre la main au collet des naïfs malandrins au moment où nous écrivons.*

« Cette affaire remet en lumière l'illusion des gredins qui rêvent de commettre un « coup » parfait. Elle nous rappelle la mésaventure du célèbre éditeur Didot, qui avait résolu de publier un livre sans défaut, du point de vue typographique. Il ne devait subsister ni une « coquille », ni une faute de ponctuation, ni une lettre plus haute ou plus basse qu'une autre. Des équipes de correcteurs se mirent au travail. Les épreuves furent relues plus de cent fois. Lorsque le premier exemplaire fut déposé sur son bureau, il s'aperçut avec horreur qu'il y avait une faute dans le titre ! »

— C'est malin ! répéta Lola Gracieuse.

Olivier, blême de rage, arpentait toujours la chambre...

« Ils ont eu l'imprudence de prononcer des noms... L'arrestation n'est qu'une question d'heures... »

Il fallait agir. Prendre un parti. Rapidement.

— Dis quelque chose, soupira Lola. Tu n'es pas bavard, je sais, mais tout de même, tu pourrais...

Il se taisait. Son souci (sa manie) de tout prévoir, d'éliminer jusqu'aux moindres risques le laissait désarmé devant la catastrophe.

Accoutumé au succès, la défaite le prenait au dépourvu.

Lola le considéra avec haine.

« Peut-être même le fin limier de la Police Judiciaire s'apprête-t-il à mettre la main au collet des naïfs malandrins... »

— « S'apprête-t-il », songeait Lola. C'est-à-dire : « d'un instant à l'autre ».

Elle cria :

— J'espère que vous n'avez pas prononcé mon nom ?

Il ébaucha un geste vague.

— Enfin, cherche un peu ! Tu dois pouvoir te rappeler. D'abord, pourquoi auriez-vous prononcé mon nom ? Il n'y avait pas de raison !

Son nom ! Son nom ! Cela seulement l'occupait !

Olivier eut envie de rire. Cela lui arrivait souvent. Il éprouvait fréquemment l'impression de vivre dans un monde dépourvu de réalité, où tout était artificiel, factice, les êtres, les gestes, les sentiments.

Lola, Bébé-Fakir, Olivier existaient-ils ? Il arrivait à en douter.

Jusqu'aux billets de banque qu'il volait : fausse monnaie.

Puis sa pensée dévia. Il oublia l'inspecteur Paluaud, le sort de Lola, celui de Bébé-Fakir, le sien, pour ne songer qu'à ces deux mots tracés par un obscur journaliste : « *naïfs malandrins* ».

Lui, un scientifique, le voleur fantôme, « le cambrioleur aux doigts de fée » !

« *Naïf !* »

Il suffoquait d'humiliation !

(Aussi vaniteux que Lola, en somme !)

Dans la vie, Lola Gracieuse jouait les stars de cinéma.

Elle eût pu en être une : elle en avait les formes parfaites, la beauté sophistiquée, le puéril égoïsme.

Mais elle était paresseuse.

Elle trouvait moins fatigant de jouer pour elle-même. Elle s'était persuadée que le ciel tournait pour elle, que le soleil se levait pour elle, que les étoiles se consumaient pour elle.

Dans sa tête platinée où roulaient des vagues d'encens et de musique à sa louange, une voix adoratrice murmurait sans cesse : « Lola... Lola... Lola... »

Sur les listes de la Police Judiciaire, elle était inscrite comme suit : *Fille GRATIEN (Marie-Alexandrine) dite Lola GRACIEUSE.*

Olivier passa ses doigts sur ses yeux. Lorsqu'il les retira, ses paupières demeurèrent fermées quelques secondes. Il revoyait ce cylindre bleu et ce cornet noir posés sur le bureau de l'éditeur : le dictaphone, dont il ne s'était pas méfié.

Lola regardait les meubles de style, les toiles de maîtres, les tapis de haute laine, les cristaux, tout ce luxe qui l'entourait, qui lui était indispensable, — et qu'elle allait perdre — si la police établissait une relation entre elle et Olivier.

Il le sentit ; il courut à elle, d'un élan emporté :

— Tu as peur ! Si l'on m'arrête, cela te laissera indifférente, — pourvu que tu n'aies pas d'ennuis !... Tu veux bien partager la fortune, mais pas la mauvaise fortune ! Pourtant...

Le mépris, la colère lui faisaient un visage d'assassin. Une veine se gonflait sur son front ; la fille la voyait battre avec violence.

Elle porta tranquillement une cigarette à ses lèvres.

— Et pourtant, je suis devenu un voleur à cause de

toi ! Ce que j'ai fait, je l'ai fait pour toi, depuis le premier jour !

— Naturellement ! dit-elle avec froideur. Et après ? J'en connais qui auraient fait davantage !

Elle alluma sa cigarette.

— Je t'aime bien, Olivier, mais je ne veux pas d'ennuis ! A toi de t'arranger.

A cet instant, on frappa à la porte.

La bonne entra :

— Un monsieur désire parler à Madame.

— L'inspecteur Paluaud ! chuchota Lola.

***

Bébé-Fakir faisait la grasse matinée. Il cherchait le moyen de dépenser le plus rapidement possible sa part du vol commis chez l'éditeur.

— Un cheval et un cabriolet, voilà ce qu'il nous faut ! On irait se promener au Bois, le matin, vers midi, comme les gens chics. Qu'en penses-tu ma déesse ?...

« Ma déesse » — (Mme Ida, voyante extra-lucide) — secoua sa face mafflue, et siffla un verre de vin rouge.

— Jamais de la vie ! Une voyante m'a dit hier de me méfier des chevaux : elle m'a annoncé un accident grave.

Bébé ricana.

— Non, mais ! Tu consultes les collègues, maintenant ? Et tes tarots à toi, alors ? Ton Cristal ? Ton marc de café ? Si tu n'es pas fichue de lire ton avenir toi-même, à ton âge...

— Je n'y crois pas quand je le fais pour moi, dit-elle, avec humilité. Elle ajouta lamentablement : — Je n'y crois pas non plus quand je le fais pour les autres. Elle sourit : — Mais ça m'impressionne quand on me le fait !

— Moi, avoua Bébé-Fakir, je ne crois plus à rien ! Même pas à la géomancie ! Elle m'avait annoncé un

« pépin » dans l'affaire de cette nuit. Pourtant, ça s'est bien passé ! Tiens, à propos, va donc m'acheter le journal, « ma Déesse » !

Ida descendit lentement les escaliers.

Elle les remonta très vite.

— J'y crois maintenant à ta géomancie ! lança-t-elle. Parce que, pour un « pépin », il y en a un ! Un gros ! Tiens, lis... Et ne me parle plus de ton Olivier ! Pour un homme qui prévoit tout, il a bonne mine, ah oui !...

*
**

Chez Lola, Olivier serrait les poings d'impatience.

Lorsque la bonne avait annoncé un « monsieur », il s'était cru perdu. Mais le visiteur était simplement un certain Myriakos, personnage velu, visqueux, huileux, antiquaire de son métier, marquant la soixantaine, mais fort ingambe, avec lequel Lola était en relations d'affaires. Elle lui achetait des meubles, des bibelots, des curiosités ruineuses. L'individu était fûté, et, en bon fils d'Homère, parlait un langage fleuri. Il était venu faire des offres de service : une coiffeuse ayant *authentiquement* appartenu à Marguerite de Bourgogne. On garantissait le pedigree de cette inestimable pièce de collection. Myriakos se disait persuadé que Mlle Gracieuse ne laisserait pas passer une telle occasion. Plusieurs Américains avaient déjà fait des propositions, mais, naturellement, il avait tenu à voir Mlle Gracieuse etc., etc.

— Je réfléchirai, disait Lola. Vous me tentez...

Impossible de faire déguerpir Myriakos ! On eût dit qu'il sentait l'impatience d'Olivier et prenait un malin plaisir à la prolonger.

Il était accompagné de son commis, un grand benêt tout frisé, d'une vingtaine d'années, que la timidité figeait au seuil de la pièce.

Myriakos montra le journal, sur la table de chevet.

— Avez-vous lu le récit du cambriolage de cette nuit, chez un éditeur? Cent quatre-vingts billets! C'est une somme! Mais voilà!... Il y avait un dictaphone dans le bureau! C'est drôle!...

— Follement! approuva Olivier avec un regard homicide.

— Cela démontre que le crime est toujours puni! assura sentencieusement Myriakos. Il y a un Dieu!

— Dieu merci! acquiesça Olivier.

Et, n'y tenant plus, il quitta la pièce.

C'était sûrement ce qu'attendait l'antiquaire, car, changeant aussitôt de façons, il marcha vivement à Lola et chuchota :

— Alors... Le collier de perles?...

— Je ne suis pas encore décidée, dit Lola.

— J'irai jusqu'à cent mille. Plus, c'est impossible! Déjà, à ce prix, je ne fais pas une affaire... Je...

— Dites tout de suite que vous me faites un cadeau!

— Oh, chère amie! Vous me peinez! Mettons simplement que je suis un galant homme!

— Eh bien, cher galant homme, si je me décide, je vous ferai signe, conclut-elle en le précédant vers la porte.

Le commis s'effaça lorsqu'ils passèrent dans le vestibule.

De ce fait, il se trouva seul, un instant dans la pièce. Son visage marquait une émotion intense, et une grande hésitation.

Lola et Myriakos s'éloignaient.

Le commis n'eut que deux pas à faire pour se trouver près d'une table basse. Il y avait là une paire de gants de chevreau appartenant à Lola. Le commis les glissa dans sa poche, quitta la pièce, et rentra dans le vestibule juste comme Lola ouvrait la porte donnant sur le palier.

— Sors, petit, dit Myriakos.

Puis l'antiquaire regarda Lola d'une façon équivoque, en soupirant ; il lui baisa la main, et sortit à son tour.

Lola rentra dans son salon, où Olivier vint la retrouver.

— Il est parti, tout de même ? Je ne peux pas le sentir, ce type !

— Moi non plus, dit-elle.

— Alors, pourquoi le vois-tu ?

— Il fait partie des relations utiles !

Olivier haussa les épaules.

Sur ces entrefaites, on entendit des coups de sonnette précipités. L'affolement les reprit :

— Paluaud ?...

Et la bonne était partie en courses ! Lola dut elle-même aller ouvrir.

Ce n'était que Bébé-Fakir, essoufflé, tremblant, gémissant.

— Vous avez vu les journaux ?

Il s'effondra dans un fauteuil.

— Un dictaphone ! C'est la fin de tout !... Je te le disais bien, Olivier, qu'on aurait un pépin !...

Lola eut un rire amer.

Au cours de la discussion qui suivit, Olivier et Bébé-Fakir s'efforcèrent vainement de se rappeler s'ils avaient prononcé des noms, dans le bureau de Caffier. Quoi qu'il en fût, une conclusion s'imposait : par prudence, les deux hommes devaient provisoirement disparaître, chacun de son côté.

Olivier remit à Bébé-Fakir soixante mille francs. Il fut ensuite décidé qu'après un délai à déterminer selon les événements, ils correspondraient en téléphonant chez un ami sûr, qui tenait un débit de vin rue des Abbesses.

— Où vas-tu te planquer, Olivier ?

— Je ne sais pas encore. Et toi ?

— Je ne sais pas non plus.

Bébé-Fakir s'en alla.

Il restait à Olivier cent vingt mille francs. Sans un

mot, il en posa soixante sur la table de chevet de Lola. Celle-ci mettait un bas. Olivier quitta la pièce. Lola, caressant sa jambe nue, s'absorba dans la contemplation des billets de banque. Puis, brusquement, elle les repoussa. Olivier se tenait sur le seuil, complètement métamorphosé. Il avait passé du linge douteux. Un costume taché, effrangé, des chaussures crevassées. Il sourit assez misérablement.

— Au revoir, Lola.

— Sais-tu que tu restes joli garçon, malgré ces frusques. Trop propre ! On voit que tu te laves !

— Une nuit dans la paille, et une barbe de deux jours : je serai au point !

— Tu ne sais vraiment pas où tu vas te...

— Aucune idée.

— A bientôt, mon chéri. Sois prudent.

Elle l'entendit refermer la porte du vestibule.

Elle passa l'autre bas, puis, avec un sourire rusé, elle attira l'appareil téléphonique, forma un numéro.

— Allo... Myriakos ?...

*
**

Au Laboratoire de Police Technique, les préparatifs s'achevaient. Le dictaphone avait été relié à un savant dispositif de microphones et d'amplificateurs.

Deux hommes allaient et venaient à travers la pièce, en bavardant.

L'un était l'éditeur Caffier, un imposant quinquagénaire merveilleusement chauve, — ce qui lui donnait un air d'intellectuel qui le flattait.

Son interlocuteur marquait aussi la cinquantaine mais, en revanche, ne rappelait en rien un intellectuel. Plutôt un paysan, quelque rude laboureur des contrées du centre de la France. Cheveu dru et rêche, démarche lourde, mâchoire forte, un regard pesant, une élocution lente et appuyée; tout, dans sa personne, évoquait l'homme de la terre qui creuse profondément son sillon, le chasseur tenace, inaccessible à la fatigue, au découragement. C'était l'inspecteur Paluaud, chargé de l'enquête.

— Prêt, chef, dit un assistant ?

— Branchez, dit Paluaud en se courbant sur le cornet noir.

— Contact !

Une voix chevrotante s'éleva de l'appareil :

« *Monsieur Armand Lemaire,*
85, rue Chardon-Lagache, Paris.

« *Notre comité de lecture a pris connaissance avec un vif intérêt de votre roman policier intitulé : « Le Cercle de Sang », qui révèle de remarquables qualités de construction et de style. Toutefois, cette œuvre n'a pu être retenue, n'entrant pas dans le cadre de nos collections. Veuillez agréer, etc.*

— Qu'est-ce que c'est que ça ? s'ébahit un des aides.

— Mon courrier, dit l'éditeur Caffier.

La voix reprit :

« *Madame Veuve Jeanne Aubray,*
à Ambert, Puy-de-Dôme.

« *Notre comité de lecture a pris connaissance avec un vif intérêt de votre ouvrage intitulé « Fontbouillant » : histoire anecdotique d'un village du Puy-de-Dôme depuis la Révolution jusqu'à nos jours, qui révèle de remarquables qualités de construction et de style. Toutefois, cette œuvre n'a pu être retenue, n'entrant pas dans le cadre de nos collections. Veuillez agréer, etc.* »

Les policiers se considéraient en souriant.

— Formule passe-partout, bien commode, dit M. Caffier.

La voix poursuivit :

« Mademoiselle Lucette d'Autrives,
Château d'Autrives, près Brive-la-Gaillarde, Corrèze.

« Notre comité de lecture a pris connaissance avec un vif intérêt de votre recueil de poèmes intitulé : « Mon pauvre cœur », qui révèle de remarquables qualités de construction et de style. Toutefois, cette œuvre n'a pu être retenue, n'entrant pas dans le cadre de nos collections. Veuillez agréer... etc. Et je t'embrasse sur ton joli museau !... Surtout ne mets pas ça dans la lettre, mon lapin ! »

— Quoi ? fit Paluaud.

Les policiers considéraient avec ironie M. Caffier. Celui-ci toussota, gêné.

— Ce n'est rien, dit-il. Je... Ma secrétaire particulière... Une longue intimité, vous comprenez...

— Nous comprenons parfaitement ! s'empressa de jeter Paluaud.

Et il se pencha de nouveau sur le dictaphone, d'où s'élevaient des grincements.

— Attention, dit-il. Nous allons entendre nos bonshommes.

Et l'on entendit peu de chose, à vrai dire !

Des grésillements, une sorte de sifflement, des chuintements, des chuchotements, des borborygmes : pas une parole compréhensible.

Le journaliste avait fait preuve d'une vive imagination en affirmant que le dictaphone révélait la présence de plusieurs cambrioleurs et que ceux-ci avaient prononcé des noms.

En dépit des microphones et des amplificateurs, l'expérience était négative. Car plus on amplifiait, plus le son se brouillait.

— Dommage ! maugréa Paluaud. Le mieux est de ne pas informer la Presse : la frousse fera peut-être faire une gaffe à nos lascars. C'est notre seule chance !

Mais, s'ils ont l'intelligence de ne pas bouger, ils peuvent dormir sur leurs deux oreilles. Il n'y aura plus qu'à classer l'affaire.

***

Bébé-Fakir, cependant, réfugié dans un café désert de la rue des Ecoles, traçait, avec des regards furtifs à droite et à gauche, une série de tableaux de géomancie.

Il demandait à cette science surnaturelle de lui indiquer la meilleure cachette pour échapper aux limiers de la P.J.

Des calculs d'orientation et de distance compliquaient le travail.

Parvenu à la solution, il constata avec terreur que l'oracle lui prescrivait d'élire le lieu de son refuge... dans la gueule du loup ! Il devait aller se cacher à environ sept cents mètres de l'endroit nord-nord-ouest, c'est-à-dire... vers le quai des Orfèvres, au pied même des bâtiments de la Police Judiciaire !

Mais à la réflexion, il s'avisa que l'astuce consistant pour n'être pas vu des inspecteurs, à se mettre sur leur nez, n'était pas si sotte !

Passablement inquiet tout de même, il se transporta dans la Cité. Là, il trouva séance tenante à se faire embaucher en qualité de plongeur dans un restaurant.

— Vous pouvez commencer maintenant, si vous voulez, dit le patron.

— Je ne demande pas mieux ! fit Bébé-Fakir. J'ai besoin de gagner ma vie.

Il retroussa ses manches et s'approcha résolument de la plonge.

Olivier Roi, dans l'après-midi de ce même jour, marchait sur la grand-route, dans la vallée de Chevreuse. Il avait pris un ticket à la gare du Luxembourg, et était descendu au terminus de la ligne, à Limours.

Il allait bon pas, dans ses vêtements de clochard, et il sifflotait un air de sa composition, sur trois notes.

De temps à autre, il portait une main à la hauteur de la poche intérieure droite de son veston et tâtait l'étoffe afin de s'assurer de la présence des soixante billets de mille francs, enveloppés dans du papier de journal.

II

LE PYMANGOU

Dans la nuit, un râle montait.

Il y eut un rire étrange. Une voix sifflante déclara :

— « Mais non, ce n'est pas du poison ! Mais non, ce n'est pas du poison ! C'est de l'arsenic. »

« C'est exaspérant ! songea Olivier. Il n'y a pas moyen de dormir. »

Un bruit de respirations encombrées, des soupirs, des ronflements, des gémissements : cela se passait dans le grand baraquement du Pymangou.

Olivier couchait près d'une fenêtre donnant sur la forêt.

« Ça me rappelle le temps où j'étais interne ! De mon lit, je voyais des marronniers. »

Des souvenirs de cette époque lointaine lui revinrent ; son masque se durcit : il n'aimait pas à se souvenir de son enfance, trop sage et trop choyée, à Bourges.

Je me demande à quel travail on va me mettre. Casser des cailloux ? Faire du mortier ? Des terrassements ?... C'est qu'elle ne m'intéresse pas du tout, moi, leur route !...

Olivier se tourna sur le côté gauche et regarda, dans la pénombre, son voisin de lit : un certain Gilbert Lafont. Celui-ci dormait la bouche ouverte, mains à plat sur le drap : un air d'enfant sage.

Olivier sourit. Le hasard l'avait magnifiquement servi !

Deux jours de marche, sans se presser, pour se rendre de Limours à Sainte-Mesme, près de Dourdan.

Il entrait dans les auberges, se disait chômeur, montrait des papiers — faux, bien entendu ! Il obligeait les gens à les lire, même si cela les ennuyait : c'est ainsi qu'il faut procéder. Il inspirait confiance : on lui donnait un morceau de pain, un bout de fromage, un verre de vin, des encouragements :

— Ne te frappe pas, mon gars !

Il remerciait et continuait sa route.

Rien dans les journaux, au sujet de l'affaire Caffier.

Il était arrivé à Sainte-Mesme un soir, vers six heures. Il était entré dans un débit.

— Je suis chômeur. Je cherche du travail. Vous ne pourriez pas me dire, si, dans la contrée...

Il eut un bref frisson : deux gendarmes pénétraient dans le café.

Mais il se rassura vite : les gendarmes, des hommes âgés et bonnasses, lui offrirent un vin blanc.

— Tu as eu le nez creux en venant par ici ! Voilà ce que tu vas faire : tu vas aller au chantier du Pymangou : c'est à quinze cents mètres, en bordure de la forêt. Ils sont en train de faire une route. Si tu as du cœur à l'ouvrage...

— Vous croyez qu'on voudra de moi ?...

— Puisqu'on te le dit !...

Les deux gendarmes sortirent sur le pas de la porte et lui indiquèrent paternellement le chemin.

— Merci beaucoup, messieurs.

Ils le regardèrent s'éloigner.

— Il a l'air bien, ce garçon...

Olivier tâtait dans sa poche les soixante billets de mille francs.

Un quart d'heure plus tard, il parvenait au chantier du Pymangou. En bordure de la forêt au pied d'une falaise il y avait là une centaine d'ouvriers qui piochaient, poussaient des brouettes, des wagonnets, dirigeaient des grues, gâchaient du mortier, dans une poussière qui les faisait ressembler à des meuniers du bon vieux temps.

— Eh bien, songea Olivier, ça va être gai ! Si Lola me voyait !... Mais, comme planque, c'est l'idéal.

Jamais, en effet, l'idée ne viendrait aux policiers de chercher « le cambrioleur aux doigts de fée » parmi ces hommes attelés à des tâches aussi rudes.

Un garçon d'une vingtaine d'années s'arcboutait derrière un wagonnet, chargé de pierrailles, qu'il ne parvenait pas à faire démarrer. Olivier, sans mot dire, se plaça près de lui, et poussa. Le wagonnet se mit à rouler. Après une course d'une vingtaine de mètres, il s'arrêta : d'autres ouvriers en firent basculer le contenu dans un concasseur.

— Merci, dit le garçon à Olivier.

Il s'aperçut seulement alors qu'il ne le connaissait pas.

Olivier se nomma :

— Olivier Roi, — chômeur !

— Ah, bon, fit l'autre. Aussi, je me disais...

Il offrit une cigarette, en alluma une.

— Ça t'intéresserait de travailler ici ?... C'est dur, mais tu as l'air costaud !

— Dans ma situation, ce serait toujours une petite sécurité, fit Olivier non sans s'égayer timidement de l'ambiguïté de sa phrase.

— Ça doit pouvoir s'arranger, fit l'autre. Viens, je vais te présenter au « Vieux ».

Il entraîna Olivier parmi les ouvriers, qui ne levaient même pas la tête pour dévisager le nouveau venu.

Chemin faisant, le jeune garçon se nomma à son tour :

— Je m'appelle Gilbert Lafont. Je demeure dans une petite maison, à trois kilomètres d'ici. Mais je préfère coucher dans les baraquements du chantier.

Trois kilomètres après huit heures de ce boulot !... Et puis, on est avec les copains...

Le chef du chantier, un grand bonhomme âgé, sec et tanné, aux cheveux blancs, — que l'on appelait familièrement « Le Vieux » et qui tenait à ce sobriquet, — embaucha Olivier séance tenante.

— Quand voulez-vous commencer ?

— Tout de suite !

— C'est un peu tard pour aujourd'hui, dit le Vieux en souriant. (Une sirène hululait, marquant la fin de la journée de travail). Vous commencerez demain matin. En attendant, Gilbert va vous installer.

Au réfectoire comme au dortoir, Gilbert avait placé Olivier à côté de lui.

— On va être copains !

Et voilà !

Ensuite, dans un coin tranquille, Gilbert avait joué de la guitare : c'était sa passion. Il tirait de l'instrument des harmonies lentes et plaintives. Puis il avait gémi :

— Ah ! l'Océanie...

La musique lui procurait l'illusion de voyager. Il ne rêvait que longues traversées, expéditions sous d'autres cieux.

L'Océanie ! Tahiti ! Les mers du Sud ! L'Aventure !...

Petit et trapu, il avait des cheveux plantés bas, qui lui mangeaient le front. Cela, ajouté à sa mâchoire volontaire, lui donnait un air obstiné, résolu. En fait, c'était un chimérique !

— Les voyages, ça coûte gros ! Ils en ont, de la veine, les riches !

Après ces aveux puérils :

— Je t'ai dit ça, garde-le pour toi. Tu es le seul à savoir. Les autres se figurent que j'aime la musique. La musique, je m'en fous ! Partir... (Il s'emporta presque.) Mourir sans avoir visité la terre, c'est trop bête, tu ne trouves pas ?

Il eut un sourire hésitant.

— Partir avec un vrai copain... Un type comme toi, tiens ! Je ne sais pas pourquoi je te raconte ça, on ne se connaît pas encore ! Mais je sens qu'on s'entendrait...

— Sûrement !

Gilbert eut une inquiétude.

— Tu n'es pas marié, au moins ?

— Non ! Et je n'en ai pas envie !

— Alors... Ça serait drôle qu'on parte ensemble, — un jour ?...

***

Dans son lit, Gilbert poussa un grand soupir. Sans doute voyait-il en songe ces îlots féeriques, faits de coraux, ces atolls posés sur le Pacifique comme autant d'anneaux brillants et fragiles enserrant chacun une lagune transparente.

Il s'éveilla, se dressa sur un coude, regarda affectueusement dans la direction d'Olivier, cet ami de la veille, ce copain pour la vie...

Olivier feignit de dormir.

Quelques images flottèrent encore dans sa mémoire...

Lola... Bébé-Fakir... Le bureau de Caffier... Le dictaphone... Et les deux eaux-fortes : Voltaire dans son fauteuil, Balzac en robe de chambre. Puis il se rappela une menue jeune fille brune qu'il avait aperçue la veille en traversant Sainte-Mesme. Elle nettoyait au blanc d'Espagne la vitrine d'un magasin de chaussures. Elle avait interrompu un instant son travail, pour le regarder.

Ce fut sur cette vision qu'il glissa de l'état de veille au pays des songes. Ce visage gracieux, qui avait alimenté le dernier thème de sa rêverie, fournit la première image de son sommeil.

A l'aube, il s'éveilla et rechercha des détails de son rêve, — sans rien retrouver de précis. Il se rappelait avoir traversé des périls, des angoisses atroces, mais, dès que la jeune fille inconnue reparaissait, il était envahi d'un sentiment de sécurité inexprimable.

Il glissa une main sous son traversin : les soixante mille francs étaient là.

***

La jeune fille de son rêve, Olivier la retrouva une semaine plus tard, alors qu'il l'avait complètement oubliée.

Ce matin-là, il avait quitté le Pymangou pour une heure : le temps d'aller à Sainte-Mesme et de revenir. Il comptait téléphoner au café de la rue des Abbesses, à Bébé-Fakir, et lui annoncer son retour. Les journaux n'avaient plus dit un mot de l'affaire Caffier : tout danger semblait être écarté !

Il s'arrêta court.

— C'est elle ! La jeune fille du magasin de chaussures !

Elle portait du pain, des salades et des œufs dans un cabas.

Elle baissa les yeux : il sut qu'elle aussi l'avait reconnu.

Elle était vraiment très jolie. Surtout il émanait d'elle une extraordinaire impression de pureté.

Il réprima un mauvais sourire.

— Pardon, mademoiselle. Je vais au Pymangou, c'est bien de ce côté.

— Non, monsieur. Vous lui tournez le dos !

Elle le regardait avec une pointe de malice : elle n'était pas dupe de cette ruse facile.

— Ah, merci ! Et... par là, on va à Sainte-Mesme ?

— Oui, monsieur.

— Il faut que j'y passe, d'abord. Vous allez *aussi* à Sainte-Mesme, sans doute ?

Nouvel éclair malicieux.

— Non, monsieur. Aujourd'hui, je ne travaille pas ; c'est dimanche. Je rentre chez moi.

— C'est vrai, c'est dimanche...

Il faisait du vent et du soleil. Le soleil rendait lumineuse une mèche de cheveux que le vent rabattait sur le front de la jeune fille. Et le vent plaquait aussi la jupe de toile imprimée, précisant la ligne de la hanche, de la cuisse, du jarret.

Olivier voyait, sur le visage un peu mélancolique, battre l'ombre des paupières, — une ombre mauve : on eût dit un cerne.

Leurs regards évitaient de se croiser. Ils s'observaient à tour de rôle. Celui qui se laissait regarder affectait de s'intéresser, dans le cabas, à un minuscule escargot, né de la nuit. Ce mollusque découvrait le monde. D'un pied de salade, il s'était aventuré sur un œuf et se documentait, avec ses cornes, sur la nature de cette substance résistante, lisse et non comestible.

Olivier le souleva; l'escargot rentra les cornes; Olivier le replaça sur l'œuf.

— Au revoir, monsieur, dit la jeune fille.

Il hésita. En quoi l'intéressait-elle, cette gamine? Lola, à la bonne heure! Cela, c'était une femme. A quoi bon tourner autour de cette fillette? Evidemment, l'expérience offrait un charme acidulé. Mais décidément, ce ne serait pas prudent! Il ne reculait point devant la souffrance qu'il pourrait causer. Simplement, il se disait : « Dans ma situation, pas d'excentricités! »

Ce fut plus fort que lui.

— Mademoiselle...

— Monsieur?...

— Vous travaillez à Sainte-Mesme, je crois, dans un magasin de chaussures?

— Oui.

Elle pensa : « Il m'avait remarquée. » Elle en fut contente.

— Je vous ai aperçue, il y a une semaine. Je travaille au Pymangou.

— Ah ? fit-elle d'une voix plus naturelle. Mon frère aussi !

— Non ?... Il s'appelle comment ?

— Gilbert Lafont.

— Gilbert ? Mais c'est mon copain ! Nous sommes voisins de lit, voisins de table, nous travaillons tous deux aux terrassements. On ne se quitte pas ! Et, le soir, il joue de la guitare. Il est très chic, votre frère ! Par exemple, quel cachottier ! Il ne me l'avait pas dit !

— Quoi donc ?

— Qu'il avait une sœur aussi jolie !

Les pommettes de la jeune fille se colorèrent.

— Il n'y a pas de quoi rougir ! C'est vrai, que vous êtes jolie !

Elle détourna la conversation.

— Quand vous verrez mon frère, voulez-vous lui dire que grand-mère serait contente qu'il passe chez nous le plus tôt possible. C'est pour vérifier des mesures · nous lui faisons un complet. Mais il ne faut pas qu'il s'en doute. C'est une surprise.

Elle montra sur une hauteur un hameau enseveli dans la verdure.

— J'habite là-bas, avec grand-mère. Mon père et ma mère sont morts. Cette maison au toit pointu, vous voyez ?... Il faut que je rentre.

Il escalada le talus et cueillit un liseron à la haie.

— Un brin de muguet... Pour le premier mai... Vous ne pouvez refuser !...

— Mais, dit-elle, nous ne sommes pas le premier mai ! Et ce n'est pas...

— Ce n'est pas du muguet acheva-t-il en souriant. Prenez-le quand même ! Il n'y a que l'intention qui compte !...

— Merci.

Il comprit qu'il serait plus habile de ne pas l'effaroucher ; de la laisser, maintenant.

C'était une toute jeune fille, sérieuse, modeste, sensible avec un fond de tristesse.

Machinalement, il ouvrit la main, comme dans le geste de rendre la liberté à un oiseau, à un papillon.

— Au revoir !...

— Au revoir, monsieur.

— Monsieur, — quel vilain mot ! Enfin !... A bientôt ?... (Il insista.) A bientôt ?...

— Mais — oui !

Il la regarda s'éloigner dans un chemin creux qui se coulait entre deux haies, au soleil, avec des ondulations paresseuses de couleuvre. Monique balançait le cabas qui contenait du pain, des salades, et l'escargot explorateur lancé dans son aventure autour d'un œuf. Olivier espérait qu'elle se retournerait. Son tic le reprit : il appuya une paume sur ses yeux. Lorsqu'il les rouvrit, Monique avait disparu. Peut-être s'était-elle retournée juste à ce moment-là !

Il haussa une épaule, éleva ses doigts le long de son veston, vérifia la présence des billets de banque. Il repartit vers Sainte-Mesme, en sifflotant cet air, sur trois notes, qu'il avait mis au point une semaine auparavant.

***

Quand Olivier téléphona, Bébé-Fakir buvait des demis au café de la rue des Abbesses.

— Ce n'est pas par hasard que je suis là, plaisanta l'hercule ; je savais que tu m'appellerais aujourd'hui ! La géomancie m'avait prévenu ! Alors tu rentres quand ?

— Je ne suis pas fixé.

— J'ai l'impression que c'est tassé, notre histoire. Si tu revenais, on pourrait « travailler ». « Ma déesse » m'a filé des indications palpitantes sur un marchand de vin du XIIIe... Note bien que, moi, l'argent... ce que j'en fais, c'est pour mon Ida !...

Il riait grassement.

— Ecoute, Bébé, j'ai envie de rester ici encore un

peu. Je suis au Pymangou, près de Sainte-Mesme. Je m'offre des vacances.

— Voyez-vous ça ! fit l'autre, soupçonneux. La vérité, c'est que tu es sur une affaire, hein ? Je sens que tu es sur une affaire !

— Oh, ma foi, non ! Je me suis mis au vert : c'est excellent pour les nerfs. As-tu des nouvelles de Lola ?

— Toujours belle !

— Je m'en doute. Tu lui as parlé ?

— J'ai voulu passer la voir, mais Myriakos, l'antiquaire, entrait comme j'arrivais. Alors...

— Eh bien, je te rappelle d'ici une semaine. Mes hommages à « Ma Déesse ».

— Manquerai pas !

Là-dessus, Bébé-Fakir se rendit rue La-Fontaine, chez Lola Gracieuse. Mais, comme il arrivait, il la vit qui sortait, en compagnie de Myriakos.

« Toujours là alors, celui-là ? »

Et il y avait aussi, aux aguets, un personnage frisé : le commis de l'antiquaire. Mais Bébé ne l'aperçut pas.

« Ma parole, s'était dit, de son côté, Olivier en raccrochant, je deviens idiot ! Je vais m'incruster dans ce patelin pour une petite fille ? Tant qu'à faire, je pourrais aussi acheter « une conduite » ! Déjà, je donne satisfaction à mon contremaître, je suis bien noté au Pymangou. Qui sait : je finirai par monter un petit atelier, avec Gilbert comme associé ! »

Au café, il revit les deux gendarmes. Il s'offrit le plaisir de leur payer l'apéritif.

— Content ?

— Heureux comme un pape ! Je travaille !

Il tira de son gousset un billet de dix francs crasseux, le lissa respectueusement avant de le déposer, comme un objet fragile, sur le comptoir.

— A la tienne, mon gars ! Et merci !

— A la vôtre, messieurs ! C'est moi qui vous remercie.

Il s'éloigna, en sifflotant.

Au Pymangou, il trouva Gilbert à l'infirmerie, la main gauche enveloppée d'une épaisseur énorme de bandelettes.

— Un accident ?

— Un wagonnet qui a basculé quand je ne m'y attendais pas. Total : trois doigts abîmés. Le toubib dit que j'en ai pour un mois.

Il était blême, mais il souriait.

— Il me reste ma main droite ; on va me caser à la comptabilité, provisoirement.

— Rond-de-cuir !...

— Oh, tu sais, tant que je pourrai jouer de la guitare !

Olivier lui donna brusquement une bourrade.

— A propos... Mes compliments !

— Qu'est-ce qui te prend ?

— J'ai fait la connaissance de ta sœur !

— Tu as vu Monique ?

— Elle est adorable ! Elle m'a chargé d'une commission pour toi. Ta grand-mère te fait dire...

⁂

Chez Mme Lafont, Monique chantonnait, en mettant le couvert.

— Tu es bien gaie, aujourd'hui, ma petite fille, observa la grand-mère qui la regardait tout en lavant une salade.

Monique prit sur la table une ardoise et un morceau de craie. Elle écrivit : « J'ai rencontré un garçon du Pymangou. Il m'a dit que Gilbert allait bien. Il lui fera ta commission, pour le costume. »

La grand-mère lut, et dit :

— Ah, bon !

Elle était complètement sourde. Rupture des tympans consécutive à l'explosion d'un gazomètre. Mme Lafont avait essayé d'apprendre à lire sur les lèvres, mais elle était si vieille... En outre, son infirmité était relativement récente : une année.

Alors, on utilisait le procédé de l'ardoise.

Monique écrivit encore : « Le garçon que j'ai rencontré est gentil. »

Elle hésita, puis effaça la phrase sans l'avoir montrée.

⁂

Deux autres semaines s'écoulèrent.

Olivier avait revu Monique, il était maintenant un familier des Lafont, et apprivoisait la jeune fille, doucement.

Elle était une enfant. Une enfant avec les malices de son sexe, évidemment —, mais, au fond, sans malice. Elle était sans ruse ni détours.

Peu instruite, mais fine. Sentimentale, mais aucune mièvrerie. Simple, mais pas un soupçon de vulgarité.

Authentique.

Exactement à l'opposé de Lola.

Elle aimait Olivier. C'était venu tout de suite. Si facile à effaroucher, son amour s'était posé avec confiance dans la main de ce garçon. Olivier était pour elle le Prince Charmant. Il suffisait qu'il fût là pour que tout s'embellît, que les citrouilles se transforment en carrosses, les rats en destriers caparaçonnés.

Cendrillon —, mais qui n'ignorait pourtant pas que la vie n'est pas un conte de fées.

Cendrillon au pied minuscule, qui s'agenouillait bravement cinquante fois par jour, dans le magasin de chaussures de Sainte-Mesme, pour essayer aux paysans d'immenses galoches, des souliers de chasse de sept lieues...

Courageuse Cendrillon, qui gagnait cinq cents francs par mois, et se faisait du souci pour la santé de sa grand-mère et à cause des rêveries romanesques de son frère !

Olivier venait presque chaque jour chez les Lafont. Ce soir-là :

— Pas encore morte, vieille taupe ? lança-t-il.

Il savait que Monique n'arrivait qu'un peu plus tard.

— Bonsoir, Olivier, dit Mme Lafont, gentiment.

Sur l'ardoise, il écrivit : « Comment ça va, grand-mère ? »

— A peu près, répondit l'aïeule. Gilbert est toujours sérieux ?

Il fit : oui.

— Je compte sur votre exemple pour l'encourager, reprit-elle. C'est un bon petit, mais faible : il se fait des idées qui lui donnent la fièvre. L'Océanie, les voyages... Tous ces enfantillages... S'il avait de mauvaises fréquentations...

Olivier écrivit : « Je suis là. »

En même temps, il déclarait :

— Le diable vous emporte, toi et ton Gilbert !

On pouvait dire n'importe quoi, puisque la vieille femme était sourde. Il suffisait de sourire, en parlant.

Mme Lafont posa sur la table une bouteille de vermouth.

– Servez-vous, Olivier. Vous savez où sont les verres J'ai du lait sur le feu, et le lait ne demande qu'à se sauver Prenez aussi les biscuits.

Il ouvrit le buffet, prit un verre. Dans un pot de grès, il vit trois billets de cent francs. Il sifflota : « Le coffre-fort de la maison ! » Il se retourna. Mme Lafont surveillait son lait. Il vola un billet, et l'empocha. Puis il vint crier dans l'oreille de la grand-mère :

— Je vous ai fauché cent balles !

— Comment ? fit-elle, vous savez bien que je n'entends rien, mon pauvre Olivier !

Il écrivit : « Je disais que vous êtes rudement gentille avec moi. »

— Je vous aime bien, dit-elle. Monique aussi vous aime bien !

Un bruit de pas le fit se retourner.

— Bonsoir, Olivier !...

Monique se tenait sur le seuil, toute fraîche et vive.

— Qu'est-ce que vous complotiez avec Mémé ?

— On parlait de Gilbert. Elle a tort de se tourmenter : je suis là !

— Merci, Olivier. Tant que vous serez près de lui, il ne lui arrivera rien de mal.

Ils grignotèrent quelques gâteaux. Il lui disait des gentillesses, avec des phrases discrètes : le ton exprimait davantage que les mots.

Puis il sombra habilement dans la mélancolie. Monique s'inquiéta.

— Des soucis ?

— Il y a que vous n'avez aucun sentiment pour moi, fit-il sourdement. Au fond, vous vous moquez de moi !

Une souffrance se marqua sur les traits de la jeune fille.

— Vous m'aviez promis de ne plus me parler de cela, Olivier. Ce n'est pas raisonnable.

Il s agissait d'un rendez-vous qu'il lui demandait avec insistance, depuis quelques jours. Une promenade qu'il aurait voulu faire avec elle dans la forêt, au bord de l'Orge. — « Si j'arrive à t'avoir seule avec moi, ma petite, ça changera de musique ! » Et dès le lendemain, il plaquerait le Pymangou, dont il avait par-dessus la tête ; il rentrerait à Paris, il retrouverait Lola.

— Vous n'avez pas confiance en moi, dit-il avec une violence bien jouée.

— C'est de moi que j'ai peur, Olivier.

Il tint à ranger lui-même les biscuits dans le buffet, et remit prestement le billet de cent francs dans le pot de grès. Il écrivit sur l'ardoise :

« Au revoir grand-mère ! A demain... »

Monique l'accompagna dans le chemin creux, bordé de ronces. Dans les buissons, on entendit voleter des oiseaux qui se préparaient à nicher pour la nuit.

— Dimanche ?... murmura tendrement Olivier.

— Il ne faut pas. Ce serait mal.

Elle le regardait avec une expression suppliante. Il ne put lutter davantage contre son désir. Il prit entre ses paumes le visage bouleversé, et il l'embrassa. Un gémissement échappa à Monique : elle était devenue toute glacée, et des larmes gonflaient ses paupières. Il se sauva en criant : « A demain ! » Elle le regarda fuir, toute éperdue. Puis elle cueillit une feuille de ronce, en souvenir.

Lorsque Olivier se fut suffisamment éloigné, un personnage corpulent s'écarta d'un peuplier derrière lequel il s'était tenu caché durant cette scène. C'était Bébé-Fakir ! Il était venu espionner pour le compte de Lola, que l'absence prolongée d'Olivier intriguait.

— Donc, la môme Lola voyait clair ! soliloqua-t-il ; les femmes ont vraiment des antennes ! Olivier, ce génie de la cambriole, néglige nos affaires à cause d'une fillette. Le Don Juan des serrures devient séducteur des gamines ! Ah, il en faut peu pour lui faire perdre la notion du devoir et le détourner du droit chemin... Que dirait Ida si je me conduisais comme ça !

Dans le train, durant le trajet du retour, il fit, — inévitablement ! — un tableau de géomancie pour savoir où cette aventure sentimentale mènerait Olivier. Dans l'ensemble, le tableau était excellent. Mais, dans la *Maison du Juge,* Bébé-Fakir trouva encore le signe de la *Prison.*

— Pas d'erreur, soupira-t-il, nous n'y couperons pas ! Ça s'annonce plein de « pépins », à l'horizon !

Il voyagea avec une petite rousse assez affriolante. Il lui « fit de l'œil » pour passer le temps. Mais la jeune fille était une jeune fille sage. Elle changea de compartiment. Bébé-Fakir saliva avec dépit, puis il allongea les jambes, posa ses talons sur la banquette d'en face et se mit en devoir de compter ses doigts.

*
**

Olivier commençait à bien connaître son Gilbert.

Un velléitaire, un rêveur, qui se satisfaisait de mots :

— Partir !... Oui, mais voilà ! Faudrait de l'argent !

Si tous ceux qui « sont partis » avaient attendu d'avoir de l'argent !... En réalité, ce qui faisait défaut à Gilbert, ce n'était point tant la fortune qu'un compagnon sur qui compter. Seul, il se sentait impuissant. Mais il eût été aisé de l'entraîner.

— « Toi, mon petit, songea Olivier, ta vieille a raison : tu tourneras mal. »

Au chantier, Olivier travaillait avec énergie.

— « Bonne recrue ! » se disait le contremaître.

Fréquemment, le garçon pensait à Lola. Paisiblement. Il n'éprouvait point d'amour pour elle. Elle l'avait envoûté physiquement ; mais l'envoûtement se relâchait dès qu'il n'était plus fouetté par la présence.

— « Par exemple, j'en ai assez de voir le vieux Myriakos lui sourire avec ses dents gâtées ! »

La sirène annonçait la fin de la journée de travail. Les ouvriers, par petits groupes, se dirigeaient vers les guinguettes des environs, pour y boire de la bière, nettoyer leur bouche empâtée par la poussière, en attendant l'heure du dîner.

— Viens, on va s'offrir un air de guitare, un « petit voyage » proposait Gilbert.

— Excuse-moi : j'ai à sortir !

— Tous les soirs, alors ! récriminait Gilbert. Lâcheur !... Est-ce qu'elle est jolie, au moins ?

Il ne soupçonnait rien. Une fois, il avait accompagné Olivier chez Monique, mais il était à cent lieues de se douter que tel était l'objet des sorties quotidiennes de son camarade. Il pensait qu'Olivier allait à Sainte-Mesme, où il y avait trois ou quatre filles faciles, à ce qu'on disait, qui entraient volontiers au café, riaient très fort, puis acceptaient des promenades dans les sentes écartées. Cela ne l'intéressait pas.

Il préférait se rendre en Océanie ! A Tahiti ! Avec la guitare, c'était bien commode ; il lui suffisait de gratter une corde · il embarquait. Une autre corde : il était en pleine mer. Encore une note de musique : et l'île merveilleuse était en vue...

Un soir, Monique accorda enfin à Olivier, pour le dimanche suivant, ce rendez-vous dans la forêt qu'il désirait tant.

***

Ce fut peu avant midi que Lola Gracieuse fit son apparition près de la modeste demeure des Lafont. Elle dut laisser sa voiture sur la route, et une ronce, dans le chemin creux, fit un accroc à un de ses bas. Ce qui ne contribua pas à calmer sa fureur. « — Quel pays de sauvages ! »

Elle exécuta une entrée en tempête. Mme Lafont, sidérée par tant de beauté et d'élégance, laissa s'ouvrir son tablier garni d'herbe pour les lapins. Elle la salua comme si elle eût été la Reine de France.

— Votre petite-fille est ici ? cria Lola.

— Excusez-moi, je suis sourde comme un pot, balbutia la vieille femme, tendant l'ardoise et la craie. Lola ne comprit pas et écarta nerveusement l'ardoise.

— Je ne tiens pas à la voir, oh, mais pas du tout ! cria-t-elle de plus belle. Mais je vous préviens que je ne me laisserai pas faire. Olivier est mon amant, oui, ma bonne dame, et j'ai l'intention de le garder, vous entendez ? (La vieille se demandait ce qui arrivait, essayait d'interrompre Lola, mais, bégayant d'émotion, n'y parvenait pas.) Inutile de faire l'idiote ; avec moi, ça ne prend pas ! Et si Olivier est assez bête pour se laisser embobiner par votre mijaurée de fille, je me charge de mettre le holà ! Non mais, sans blague !

— Je suis sourde, madame! se hâta de jeter la grand-mère profitant de ce que Lola reprenait haleine.

Lola Gracieuse eut un rire haut perché.

Sourde! C'est tout ce que vous avez trouvé pour vous en tirer? Vous ne vous cassez rien! Je vous répète que ça ne prend pas! Et si vous n'arrêtez pas vos manigances, je vous stopperai! Olivier est pris, vous saisissez? Il est à moi, Olivier! C'est clair! Je n'admets pas qu'on y touche! Compris?

— Je suis sourde, madame! répéta désespérément Mme Lafont. Si vous vouliez écrire sur cette ardoise...

— Décidément, vous y tenez! Eh bien, puisque vous êtes sourde... c'est regrettable, mais, moi, je ne sais pas écrire.

Saisissant violemment l'ardoise, elle écrivit : *Je ne sais pas écrire,* jeta l'ardoise sur la table, la craie sur le parquet, où elle se brisa, et, laissant la grand-mère stupéfiée et affolée, elle s'en alla.

Monique et Lola se croisèrent sur la route. Elles se dévisagèrent. Lola s'arrêta, prise d'un soupçon.

— Bonjour, madame, dit timidement Monique.

Lola haussa les épaules; monta dans sa voiture, claqua la portière, démarra brutalement.

Le soir de ce même jour, Lola se rendit au magasin de Myriakos.

L'antiquaire était absent, mais devait revenir d'un moment à l'autre, déclara le commis. Ce garçon était occupé, dans l'arrière-boutique, à donner un petit air ancien à un violon flambant neuf. Lola, amusée, le regarda travailler, tout en bavardant. C'était elle qui faisait les frais de la conversation : l'autre était impressionné.

Elle apprit que le commis se nommait Gabriel Minguet et gagnait deux mille francs par mois.

— Mais c'est énorme! fit-elle. Enfin, c'est-à-dire, se reprit-elle, je me trompe, ce n'est pas énorme : je constate que vous avez des talents!

— Des talents de faussaire ! dit-il mélancoliquement.

En fait, ce n'étaient pas tellement les « talents » de Minguet que rémunérait Myriakos, c'était sa discrétion. Car le commis avait l'occasion d'assister à beaucoup de louches marchandages, de surprendre quantité de conversations équivoques, et savait se taire.

C'est que Myriakos, derrière son honnête façade d'antiquaire, était un receleur. Qui dit receleur, dit usurier. Qui dit usurier, dit maître-chanteur. Et indicateur, il va de soi !

Le carillon de l'entrée tinta longuement : Myriakos rentrait. Il se montra ravi de voir Lola.

— Que dites-vous de cette merveille, chère amie ? Vous qui appréciez les belles choses...

Il tirait d'une mallette une icône du xve, délicatement ouvragée et enrichie de pierreries. Lola admira. Puis :

— Je suis venue au sujet de mon collier. Vous m'avez bien dit cent mille francs ?

Le commis travaillait à l'écart. D'où il se tenait, il ne pouvait voir, mais il entendait.

— Besoin d'argent ? questionnait l'antiquaire.

— On a toujours besoin d'argent !

— Une jolie femme n'en manque jamais, chère amie !... Mais, j'y songe... Olivier ?

— Il est en voyage.

— Comment ! Il vous abandonne ?... Le misérable !

Ce sournois badinage allait son train. Le commis prêtait l'oreille tout en tirant lentement un Stradivarius d'un bois débité il n'y avait pas plus de vingt ans. Il perçut un rire bref. Il était aisé, — et pénible — d'imaginer le huileux et visqueux antiquaire effleurant, d'un geste fallacieusement amical, l'épaule nue de Lola.

De nouveau, la voix de la jeune femme.

— Voyons, monsieur Myriakos, parlons affaires! Mon collier ?...

— Il est très beau... et il vous va trop bien. Je ne puis me résoudre à vous en priver! Mais que diriez-vous si je vous offrais de vous prêter ces cent mille francs ? Sans intérêts, il va sans dire! Qu'est-ce que cela, entre de vieux amis comme nous ? Je vous oblige aujourd'hui... Demain, vous m'obligerez... C'est d'accord ?... Vous me rendriez cette bagatelle quand vous pourriez... Quand vous vous voudriez...

Il devait tourner autour de la jeune femme, avec un sourire libidineux.

— C'est oui ?

— C'est non, monsieur Myriakos. Merci, mais... je préfère vous vendre ce collier.

— Vous le regretterez! Enfin... Comme il vous plaira! J'ai précisément la somme sur moi, en espèces. Mais je tiens à vous donner le temps de la réflexion. Je ne vendrai pas ce collier avant... disons trois mois! D'ici là, s'il vous venait la tentation de le reprendre, il sera à votre disposition. Vous n'auriez qu'à passer me voir. C'est promis ?

— Promis!

Il reconduisit Lola. En revenant vers l'arrière-boutique, il faisait sauter dans sa paume, un splendide collier de perles.

Gabriel Minguet continuait à « maquiller » le violon.

Myriakos examina le collier, à la loupe. Puis il attira à lui plusieurs albums énormes, dans lesquels étaient collées des coupures de journaux. Toutes avaient trait à des crimes, suicides, chantages, procès, disparitions, cambriolages, etc. Un dossier criminel très complet, couvrant plusieurs années.

Myriakos feuilleta quelques minutes. Enfin, il trouva ce qu'il cherchait. Gabriel Minguet l'entendit chantonner et s'arrangea de manière à passer derrière lui, afin de jeter un coup d'œil sur la coupure qui donnait tant de plaisir à l'antiquaire. Elle était relative à un cambriolage, suivi de meurtre, commis trois mois plus tôt chez une comtesse.

⁂

Et maintenant, c'était dimanche...

Dimanche, au Pymangou...

Un très joli dimanche dédié à tout ce qui est blanc : les pâquerettes, les nuages, l'eau claire sous le soleil, une muraille de meulières, au loin, et les corsages des jeunes filles...

— Je ne devrais pas... Je n'aurais pas dû... balbutiait Monique. Olivier, si vous m'aimez, rentrons à la maison...

Il couvrit de baisers son front, ses yeux, sa gorge, sa nuque. Il tournait tout autour de sa bouche comme un frelon furieux autour d'une rose.

Et soudain, elle se tut.

Un merle, en sautillant, traversa la clairière. Des araignées d'eau, suspendues sur des pattes infiniment fragiles, patinaient à la surface de l'Orge. La rivière transparente sur un lit de cailloux murmurait une chanson du commencement du monde.

Nulle voix humaine : les sons devenaient sacrés, paradisiaques. Mille insectes frottant leurs élytres, mille grillons semblent secouer mille grelots : c'est une universelle, une incessante, une triomphante stridulation. Une ramure se brise. Une écorce éclate. Deux feuilles s'entrechoquent. Un caillou roule sous la détente d'un rongeur qui dévale, effrayé par son ombre. C'est un froufroutement d'ailes, le cri d'une musaraigne saisie par un chat, la note grinçante d'une rainette, le « plouf » d'un poisson, qui saute hors de l'eau, le pic-pic d'un picvert, le cou-cou d'un coucou, le zon-zon des moucherons : belle, belle saison !...

Olivier et Monique ne quittèrent le bois de pins que lorsque le crépuscule étendit de grandes ombres autour d'eux. Un vent léger s'était levé. Olivier ramassa son veston, qu'il avait retiré à cause de la chaleur. Il le jeta négligemment sur une épaule. La jeune fille avait un beau regard, grave et pur ; elle pesait au bras de son ami, mais c'était pour la joie de se serrer contre lui, car jamais elle ne s'était sentie aussi légère.

— Est-ce que tu crois aux rêves ? demanda-t-elle.

— Non !

— J'en ai fait un bizarre, cette nuit. Un cauchemar. J'ai rêvé d'un homme. Figure-toi que...

— Qui était-ce ?

— L'homme ? Je ne sais pas. Il gardait tout le temps ses mains sur sa figure, — comme ça. (Elle fit le geste.) Il était très malheureux. Des fois, il se trouvait près de moi ; d'autres fois, loin. Il m'appelait. J'aurais voulu le consoler, mais comment faire ? C'est curieux, tu ne trouves pas ? Je me demande ce que ça peut vouloir dire ?

— Mais rien ! Les rêves ne veulent rien dire !

Ils étaient arrivés à l'entrée du chemin creux.

— Séparons-nous ici, chuchota-t-elle. Il ne faut pas que tu viennes à la maison, ce soir. Mais je te vois demain sans faute ?...

— Bien sûr, chérie.

— « Pauvre gosse ! pensait-il. Elle est gentille ! Seulement, moi, demain, je serai à Paris ! »

— Qu'est-ce que tu as, ce soir ? lui dit Gilbert, quand il rentra au Pymangou. Tu es tout drôle !

— Moi ? Non !

— Tu examines partout, comme si tu cherchais... Tu as perdu quelque chose ?

— Absolument rien !

Ce qu'il considérait, Olivier, c'était la campagne. Les terres, les prairies, les bois, le chantier du Pymangou, les baraquements, la falaise. Et les visages d'adolescents qui avaient été pour lui de bons compagnons durant quelques semaines. De braves types !

Energiques. Qui savaient faire de la gaieté avec les besognes les plus quotidiennes. Un instant, il fut tenté de les envier : ils étaient plus riches que lui avec ses soixante billets et ses doigts de fée, auxquels ne résistaient pas les serrures. Evidemment, ils n'étaient pas exigeants, ils demandaient peu à la vie, mais ils étaient riches d'une chaleur venue du plus profond d'eux-mêmes.

Lui était froid, sans illusions, ambitieux, dur.

Il haussa les épaules.

Fichaises ! Demain, Paris...

— Un petit coup de guitare ?

— Si tu veux.

Il écouta la musique avec un bon sourire ? Il hochait la tête d'une façon compréhensive.

— Tu crois qu'on pourra partir, un jour, tous les deux ? demanda Gilbert, timidement. Ça te plairait vraiment ?

— Cette question ! Naturellement, ça me plairait ! Je connais quelqu'un à Marseille. Un ami sûr. Il est lié avec tous les armateurs. Je suis certain que...

Gilbert posa une main sur le poignet d'Olivier.

— Tu es chic !

Olivier avait l'attendrissement en horreur. Il considéra néanmoins Gilbert avec affection. Il pensait : « Pauvre gosse ! ».

« *Pauvre gosse !* » : c'étaient justement les mots qui lui étaient venus à l'esprit, lorsqu'il avait quitté Monique.

Peut-être, au fond, éprouvait-il un peu de remords, et était-il obscurément poussé à racheter, par sa gentillesse envers le frère, la souffrance qu'il allait causer à la sœur ?

Il eut un geste d'agacement, et se dressa.

Précisément, près du guichet de la paye, le père Tourette réunissait des compagnons. Le groupe grossissait rapidement. Une nouvelle importante ?

Olivier, puis Gilbert s'approchèrent.

— Les enfants, dit le Vieux, je vous annonce que dans dix jours, nous pourrons planter la borne n° 1. Le premier kilomètre de notre route sera achevé.

— C'est tout ? maugréa Olivier, mécontent de s'être déplacé pour entendre une nouvelle qui l'intéressait si peu. Dans dix jours, je serai loin !

— Qu'est-ce que tu dis ? fit Gilbert.

Olivier ne répondit pas. Gilbert crut avoir mal entendu.

Ce kilomètre de route, que de sueur, que de reins brisés, de muscles endoloris, de faces creusées par la fatigue, il représentait ! Tous ces mètres, il avait fallu les gagner, un à un, contre les éléments, au long d'une bataille sourde et têtue...

Un kilomètre... Gilbert calcula qu'avec une bonne voiture on pouvait couvrir cette distance en une demi-minute ! Et cela faisait des mois que l'on trimait... Il aurait pu penser aux camions qui fileraient sur cette route, chargés d'alimentation, de vêtements, de médicaments... Non, il pensait aux riches, à ceux pour lesquels l'existence n'est que plaisir, et que ce bout de route fournirait à de jeunes crétins l'occasion, — une de plus — « d'épater une poule en tapant le cent quarante » !

Il dit cela à Olivier, en deux phrase haineuses. L'autre approuva.

Mais le Vieux reprenait.

— Ce n'est pas tout, mes enfants ! Une première borne, ça s'arrose ! Je vous informe donc que, dans dix jours, nous organiserons une fameuse fête au Pymangou, aux frais de la direction ! Le pinard coulera à flots !

Des hourras saluèrent cette déclaration essentiellement démagogique.

— D'ici là, conclut le Vieux, n'épargnez pas l'huile de coude !

Olivier sourit ironiquement, tandis que sa main montait furtivement le long de son veston.

Il blêmit.

— « Bon Dieu !... »

Sa poche était vide? Les soixante mille francs avaient disparu !

Volés ?

— « Ce serait un comble ! »

Ce fut alors qu'un appel lointain couvrit la rumeur des conversations.

— Hé, les copains !...

On ne voyait pas encore le personnage, mais on le reconnut à sa voix : c'était un type du Pymangou. Il accourait à toute vitesse.

— Auprès de la rivière, derrière le bois de pins, il y a des billets de mille en pagaïe qui jouent aux papillons ! J'ai ramassé ce que j'ai pu... (Il montra une poignée de billets froissés) mais je n'avais pas de lampe.

— C'est moi qui les ai perdus ! lança un loustic. Je les gardais en réserve pour mes vieux jours !

Olivier était secoué d'une rage folle. Monique !... c'était à cause de cette fillette... Au moment de quitter le bois de pins, en ramassant son veston, Olivier faisait le joli cœur, il n'avait plus songé aux billets de banque ! Et la liasse avait glissé du veston négligemment jeté sur son épaule.

Il se représentait la scène dans le détail, avec une volupté coléreuse, comme lorsque l'on appuie, exprès, sur une dent malade.

A mesure que s'épaissit la nuit, le vent croît, agite les branchages, ride l'eau sombre, déplie aux trois quarts le morceau de journal enveloppant les billets. Un souffle plus fort, et l'un des billets s'envole, va se poser sur un taillis. Puis un second. Puis le billet accroché au taillis est emporté plus loin. Puis une dizaine de billets tournent. Finalement, tout est dispersé. Il ne reste plus que le morceau de journal, que le vent roule...

On partit en bande à la recherche de ce bel argent.

On procéda par équipes de deux; l'un tenait une torche électrique, l'autre ramassait les billets.

Ce n'étaient, dans le sous-bois, que rugissements de plaisir :

— Encore un !

— En voilà un autre ! Mince de cueillette !

— Moi, je viens d'en chopper trois d'un coup !

— Eclaire-moi, nom d'un chien ! Je crois que j'en vois un...

— Quel est le millionnaire qui a pu...

— C'est peut-être quelqu'un qui s'est suicidé ?

Olivier essaya au moins de sauver quelques billets. Impossible ! Chaque fois qu'il tentait d'en subtiliser un, Gilbert le voyait, et le lui retirait délicatement des doigts.

— Merci, vieux !

On récupéra en tout quarante-neuf mille francs : le reste devait avoir été emporté par la rivière.

Le contremaître déclara qu'il déposerait le lendemain la somme à la Mairie. Elle serait restituée à celui qui viendrait la réclamer, — après enquête sur ses titres de propriété, bien entendu !

— Et si le possesseur ne se fait pas connaître, déclara Olivier d'une voix ambiguë, l'argent tombera dans la caisse du Pymangou, dans un an et un jour !

On rit beaucoup.

III

SI TU ES UN HOMME...

— « Plus que cinquante minutes, se dit Gilbert avec épouvante. »

Cinquante minutes, et Olivier l'attendrait derrière le bois de pins. Il avait dit : — « A neuf heures, exactement. »

Il avait dit :

— « *Si tu es un homme... C'est la Chance qui passe, et la Chance n'a pas l'habitude de passer tous les jours ! A toi de décider !* »

Huit heures dix du soir...

Gilbert irait-il au rendez-vous ?

Au Pymangou, c'était la fête. A l'occasion de la pose de la première borne kilométrique, on préparait un banquet, dans une exaltation puérile.

Des brasiers en plein air lançaient vers le ciel des colonnes de fumée et des jets d'étincelles : ils faisaient songer à des bûchers. Des ombres dansaient, au son du mirliton. Puis il s'éleva des hourras ; on apportait les dindes, les oies, les canards, les poules, un cochon de lait et les tournebroches.

Tout ça parce que la route avait progressé d'un kilomètre !... Un kilomètre... alors que Gilbert rêvait de parcourir la terre entière !

Comme il la haïssait, cette route !

Il regarda dans la direction d'Olivier.

— « Oui, je le ferai, pensait-il. C'est lui qui a raison ! »

Mais, l'instant d'après, ses nerfs le lâchaient :

— « Je ne le ferai pas ! Je ne veux pas le faire ! »

Il était sur le point d'éclater en sanglots. Il s'avouait :

— « Ce n'est pas parce que je *ne veux pas !* C'est parce que *je n'ose pas !* »

Olivier plaisantait, au milieu d'un groupe de camarades occupés à désarçonner un joyeux ahuri qui s'était confectionné un manteau royal avec des toiles de sac, et se pavanait, — un balai en main en guise de sceptre, — à califourchon sur un âne. Le regard d'Olivier et celui de Gilbert se croisèrent. Gilbert se détourna.

Echapper à ce regard, à ce rappel muet : « *C'est la Chance qui passe.* »

— « Je ne suis pas un homme, voilà la vérité ! se dit-il. Un aventurier... qui navigue sur une guitare ! »

Il pensa à sa grand-mère, à sa sœur, puis chassa ces images affaiblissantes. « Pas d'excuses, pas de prétextes : je suis un pauvre type, c'est tout ! »

En ce moment, il détestait Olivier et, en même temps, il l'admirait.

— Hé ! Gilbert !

Deux camarades qui roulaient un fût de vin le hélaient.

— Un coup de main, vieux !

Des garçons faisaient partir des pétards, d'autres jouaient avec des cordes transformées en lassos. On transportait des paniers de bouteilles, des piles d'assiettes, des tréteaux et des planches, pour dresser les tables.

— « Quatre-vingt-dix-sept mille francs... pensait Gilbert. De quoi faire le tour du monde ! »

— « *Si tu es un homme...* »

On hissa le tonneau sur deux madriers et on le mit en perce, séance tenante.

Gilbert se redressa. Son regard rencontra encore celui d'Olivier. Il détourna la tête. — « Il comprend que je n'oserai pas. Il me méprise. »

Le projet était venu à Olivier le lendemain du jour où il avait si stupidement perdu soixante billets. Il avait d'abord songé à quitter le Pymangou, puis s'était ravisé. C'était la main bandée de Gilbert qui lui avait suggéré son plan.

Un soir, après une séance de guitare, Olivier avait amorcé à phrases réticentes.

— Pour partir, il y aurait un moyen ! Seulement, voilà...

— Quel moyen ?

— Ce serait simple ! Mais il ne faudrait pas avoir froid aux yeux ! Et après : à nous le paquebot, la mer Rouge, l'Océan, la Chine, les Indes, Tahiti, — n'importe où on voudrait aller !

— Que faudrait-il faire ? Je ne suis pas une fille, tu sais ! Qu'est-ce que je ne ferais pas pour...

— Ecoute ! Ne te vexe pas. Je ne dis pas que tu es un type à te dégonfler, mais... Quelquefois, on se laisse influencer par des idées, des principes... Les fameux « PRINCIPES » à l'usage des pauvres bougres !

— Oh ! les principes !... Je ne crois plus au père Noël ! Je sais que les alouettes ne tombent pas toutes rôties !

Olivier avait brusquement rompu l'entretien.

— On en reparlera. De toute façon, le moment n'est pas venu.

Et il « n'en avait plus reparlé ». C'était Gilbert qui insistait, qui revenait à la charge :

— Qu'est-ce qu'il faudrait faire ?

Il imaginait les combinaisons les plus extravagantes : passagers clandestins sur un paquebot... Ou emprunter de l'argent à des usuriers... Ou faire une invention mirobolante... Un vrai gosse ! Olivier ne desserrait les dents que pour dire :

— Je n'ai rien dit. N'en parlons plus. Tu ne marcherais pas.

L'autre s'exaspérait :

— Tu te méfies de moi ?

Enfin, Olivier le jugea « à point » :

— Tu veux savoir ? Eh bien, voilà. Pour partir, il faut de l'argent !

— Je l'ai dit mille fois ! fit Gilbert en s'esclaffant.

— Justement. Alors, IL N'Y A QU'A VOLER L'ARGENT DE LA QUINZAINE...

— La quinzaine de paye des ouvriers... Près de cent mille francs...

Surprise agréable : Gilbert avait bien supporté le choc. Un sourire en coin, un coup d'œil furtif, un coup d'ongle à la guitare :

— Je me doutais que c'était ça.

— C'est notre seule chance. Et, tu sais, la Chance n'a pas l'habitude de passer tous les jours. Il n'y a que toi qui puisses faire le coup. Moi, on se méfierait. Toi, tu es à la comptabilité, tu peux entrer dans les bureaux après les heures de travail. Tu sais où le patron range la cassette...

Il avait achevé, très vite :

— Il faut faire le coup vendredi soir, pendant la fête.

Puis il avait pincé une corde de la guitare.

— Les voyages en rêve... ou les *vrais* voyages : A toi de choisir. La guitare... ou les bateaux.

Nouveau silence.

— Pour les détails, c'est enfantin. Je pars le premier, vers huit heures et demie. Tu fais le coup. Tu t'éloignes, sans précipitation. Tu me rejoins derrière le bois de pins, près de la rivière. Le lendemain, quand ils s'apercevront que la caisse est vide, nous serons à Marseille. Mon ami, là-bas, nous procurera des papiers ; on embarquera comme aides-cuisiniers, ou aides-sommeliers...

Après cela, il avait abandonné Gilbert à ses chimères...

Journées d'attente ? Ils évitaient la moindre allusion au projet, mais Olivier suivait, aux regards et aux expressions de son camarade, le cheminement de l'idée, les phases de doute, d'exaltation.

Le jour venu, deux mots :

— MAINTENANT, ou JAMAIS...

Gilbert, rageusement :

— Ça va ! C'est d'accord.

— Bon. Je t'attendrai derrière le bois de pins jusqu'à neuf heures. Si, à neuf heures, tu n'es pas venu : adieu !

— Puisque je te dis que c'est d'accord !

Maintenant, Gilbert est seul. Seul au milieu de la foule des camarades excités et hilares. Seul, avec la tentation qui le brûle, l'orgueil qui le fouette, la peur qui le glace, la pensée de sa grand-mère et de Monique qui le navre, et le cri de sa conscience, et la voix insidieuse de son désir de toujours : « Partir !... »

Gilbert sentit un regard peser sur sa nuque ; il se retourna : Olivier lui adressa un signe de tête et s'éloigna, nonchalamment, mains aux poches.

Il partait.

Gilbert sentit son cœur remonter dans sa poitrine, comme lorsque l'on tombe à pic ; quelque chose se noua dans sa gorge, il eut un spasme, ses paumes devinrent moites. Il faillit rattraper Olivier, le supplier :

— Ne pars pas. Ne le faisons pas ! C'est ignoble...

Mais il imagina le visage dur, l'œil méprisant, le vilain sourire... Il pensa : — « C'est lui qui a raison... Qui veut la fin... » Il se représenta le départ d'un grand paquebot à Marseille.

Un groupe de types chantaient à pleine gueule de vieilles chansons. D'abord, cela avait exaspéré Gilbert. A présent, il ne les entendait même plus. Les brasiers dans la nuit, il ne les voyait plus.

Ou, plutôt, ces lueurs d'incendie évoquaient pour lui des feux attisés par des naufrageurs, sur des écueils, durant des nuits de tempête. Ou encore, des bûchers allumés par des naufragés sur un îlot désertique.

Il *voyait* réellement des grèves ; les îles, des fumées de navires traînant sur des eaux lointaines, et jaunes...

La mer !...

Il *entendait* réellement un grondement de ressac, le fracas des vagues gigantesques, hautes comme des collines, se brisant sur des récifs ! Et des cris de goélands ! Et des appels de sirènes ! Il pensa à ceux qui ont de l'argent. « — C'est injuste ! »

Presque inconsciemment, il s'approchait du bâtiment principal : là se tenaient les bureaux, la caisse. Trois marches à escalader ; un couloir. Il n'aurait qu'à pousser la quatrième porte : c'était là.

Deux camarades passèrent en courant.

— Gilbert, viens nous rejoindre derrière les hangars, et apporte ta guitare. On prépare une bonne blague !

— D'accord !

Ils disparurent.

« *Viens nous rejoindre derrière les hangars...* » « *Viens me rejoindre derrière le bois de pins...* » « *D'accord !* » « *D'accord.* »

La tête lui tournait.

Il monta les trois marches.

Dix minutes plus tard, il était hors du Pymangou. Il courait à toutes jambes dans la campagne obscure. Son cœur battait à coups désordonnés. Dans sa poche de veston, les doigts étaient crispés sur des billets de banque.

*
**

Dans le bois de pins, Olivier attendait.

— « Pourvu que Gilbert ait eu le cran de... »

Il regarda sa montre ; neuf heures moins douze.

— « Je n'ai pas de confiance. »

Il se demanda ce qu'il ferait de Gilbert, au cas où tout de même, le gamin n'aurait pas flanché.

— D'abord, j'empoche ! mais *ensuite ?* Comment me débarrasser de lui ?

Nouveau regard à la montre : neuf heures moins dix.

— J'espère qu'il ne s'est pas fait pincer ! (Il ricana.) Pincer ?... Il n'a même pas tenté le coup ! Il a flanché ; j'en suis sûr ! Et moi, j'ai l'air fin, maintenant, dans ce bois ! (Nouveau coup d'œil à la montre.) Je lui ai dit jusqu'à neuf heures. Attendons neuf heures !

Il songea à Monique qui se tourmentait tellement pour son frère :

— Je suis inquiète au sujet de Gilbert, répétait-elle souvent. Il ne vient presque plus nous voir, et il est bizarre. Il ne se confie plus. Il rumine. Dieu veuille qu'il ne fasse pas un coup de tête.

— Sois tranquille, Monique. Je suis là.

— Tu es là, Olivier, oui. Au fait, tu es *moins* là, maintenant. Je ne te vois plus aussi souvent, depuis *notre* dimanche. Toi aussi, tu es en train de changer.

— Allons, bon ! Tu ne vas pas pleurer ! Je t'aime plus que jamais. Seulement, j'ai des soucis : il faut comprendre ! La vie...

Pauvre Monique qui craignait de voir Gilbert tourner mal ! Il en était bien incapable !

Chez les Lafont, la grand-mère et la petite-fille avaient achevé de dîner. Monique lavait la vaisselle. Mme Lafont, son visage parcheminé aussi rapproché que possible de la lampe à pétrole, faisait des boutonnières au complet que l'on préparait en secret pour les vingt ans de Gilbert.

— Ils doivent bien s'amuser, au Pymangou, ce soir ! dit-elle.

Monique s'essuya les mains à son tablier et écrivit sur l'ardoise.

— « Oui ! C'est la fête ! »

Elle se retourna. La porte venait de claquer. Gilbert se tenait sur le seuil.

— Toi ! Tu as quitté la fête !

Une brusque ride au front, elle questionna, d'un ton hésitant :

— Olivier va bien ?

— Olivier va bien ? répéta Gilbert.

Il donnait l'impression de ne pas comprendre le sens des mots.

— Oui, il va bien, dit-il enfin.

Il embrassa la grand-mère. Puis il jeta sa casquette à toute volée.

— Moi aussi, je vais bien, — *si ça t'intéresse !*

Il fit quelques pas saccadés.

— Je vais tout ce qu'il y a de bien !

Il avait des yeux hagards. Il se dit qu'il allait se trahir.

— Je suis venu... parce que j'avais envie de vous voir.

C'était vrai. Il n'avait pu se résoudre à disparaître, pour toujours peut-être, sans avoir revu les deux femmes.

— Tu ne m'embrasses pas ?

— Bien sûr que si, grosse bête !

Monique l'étreignit.

— Mais, avoue... Quelle surprise ! Comme ça, tu as laissé tes camarades ?

— J'en avais assez de leur bamboula.

La grand-mère s'était tournée vers la muraille et prenait des précautions infinies pour que son petit-fils ne vît pas à quel travail elle se livrait.

Mais Gilbert ne se souciait guère d'elle. Il jeta un coup d'œil anxieux à l'horloge.

— « Plus que cinq minutes, se dit-il. Il faut absolument que je file dans cinq minutes, pour être au bois de pins à neuf heures ! »

Maintenant, il regrettait d'être venu. Cela allait être difficile de partir si vite. Une colère le secouait. Colère contre Monique, contre Olivier, contre lui-même, contre les riches, contre tout et tous.

— Pourquoi me regardes-tu comme ça ? jeta-t-il hargneusement. Qu'est-ce que j'ai de changé ?

Il s'irritait d'autant plus qu'il avait conscience de sa maladresse.

— « Je suis un paquet de nerfs, pensa-t-il. Si j'étais devant des flics... »

— Mais... je ne te regarde pas, Gilbert...

Elle ne le quittait pas des yeux. Elle sentait bien qu'il se passait quelque chose d'anormal.

Elle passa vivement derrière la grand-mère et fit signe à Gilbert de la rejoindre.

— Olivier ?... chuchota-t-elle, oubliant que l'aïeule ne pouvait entendre un seul mot. C'est Olivier, n'est-ce pas ?

— Quoi, — Olivier ?

— Il lui est arrivé un accident, — tu n'oses pas me le dire ?

Il fut stupéfait :

— Olivier ? Il ne lui est rien arrivé ! Et s'il lui était arrivé quelque chose... Ce n'est pas ton fiancé ? Et puis...

Il ne put se contenir davantage.

— J'en ai assez, à la fin ! C'est tout de même formidable ! J'ai envie de te voir, d'être auprès de toi ; je me dis que ça te ferait plaisir, je plaque les amis, le banquet, je viens... et tu me reçois en me faisant une scène !

— Mais je ne te fais pas de scène, mon petit Gilbert ! Simplement, j'étais surprise...

— Et tu te livrais à un interrogatoire ! hurla-t-il.

— Un interrogatoire ? Tu es fou !

Il fit volte-face avec terreur : la porte, qu'il avait

négligé de refermer au loquet, s'ouvrait en grinçant. En une fraction de seconde, il imagina toute une scène : le directeur du Pymangou découvrant le vol, alertant les compagnons. On faisait l'appel. On constatait l'absence d'Olivier et de Gilbert. On accourait chez Mme Lafont...

Ce n'était que le vent qui poussait la porte.

Gilbert alla ramasser sa casquette et la tortilla fébrilement. Puis il redevint presque calme :

— Eh bien, voilà ! Je retourne au Pymangou. On va faire une de ces foires... Je ne veux pas manquer ça, tu penses !

Monique s'inquiéta davantage. Gilbert mentait, c'était visible. Ce ton faussement naturel. Et il disait des choses incohérentes. Tout à l'heure : « — J'en ai assez de leur bamboula ! » Et à présent : « — Je ne veux pas manquer ça ! »

— Reste encore un peu, pria-t-elle.

— Je ne peux pas. Je suis content de vous avoir revues toutes deux. A bientôt, Moniquette. Porte-toi bien.

— Oh, moi, je vais toujours bien.

— Oui. Mais, tu comprends... La santé, c'est l'essentiel. Ça passe avant tout.

Il s'empêtrait dans les mots, et s'en maudissait.

— Pourquoi me racontes-tu ça ? C'est comme... Comme si tu ne devais jamais revenir ! Comme si tu me disais adieu !

La fureur le ressaisit instantanément.

— Alors, je ne peux plus ouvrir la bouche ? Il faut que tu épluches chaque mot !

Sa nervosité gagnait Monique, qui commençait à s'affoler.

— Qu'est-ce que tu as, Gilbert ?

— Qu'est-ce que tu veux que j'aie ?

— Tu es dans un état... Tu peux me dire ce qu'il y a, tu sais ! Même si c'est grave...

— Mais il n'y a rien, bon Dieu !

La pendule se mit à sonner.

Il devint frénétique.

— Neuf heures ! Voilà qu'il est neuf heures, maintenant ! Et l'autre, qui... Je vais arriver trop tard !

Il se mordit les lèvres.

— Au revoir, Monique. A demain.

Elle le retint.

— Quelle importance, qu'il soit neuf heures ? Où vas-tu arriver trop tard ?

— Oh !... Oh !... fit-il, exaspéré. Mais trop tard au banquet, pardi !

— Ah ?... Et... *l'autre ?* Quel autre ?

— Comment : quel autre ?

— Tu as dit : « Et l'autre qui... »

Les yeux de Gilbert étincelèrent.

— Un interrogatoire, c'est bien ce que je disais !

— Tu me fais peur, Gilbert. Comment peux-tu penser des choses pareilles ?

Ils durent se contraindre à sourire : la grand-mère se retournait.

— Vous êtes bien sages, mes enfants. Je ne vous *entends* pas.

Elle disait souvent cela : — « Je ne vous entends pas », elle qui ne pouvait plus rien entendre !

Monique écrivit sur l'ardoise : — « Gilbert me raconte la fête ».

Mme Lafont se remit à sa couture, avec un bon sourire.

Peut-être était-ce là le côté le plus déchirant de la scène : cette vieille femme qui ne soupçonnait rien, qui riait en catimini à des boutons, à son aiguille, à sa bobine de fil, et qui courbait le front dans le rond blanc de la lampe, avec cette unique pensée : — « Il ne faut pas que Gilbert se doute qu'on lui prépare un complet pour ses vingt ans ! »

Gilbert s'était adossé à la muraille ; il haletait. Monique, pleine d'une sollicitude angoissée, ne se doutait point que chaque geste, chaque regard, chaque parole qu'elle adressait à son frère, lui infligeaient une véritable torture.

Il était à bout de forces, au bord des larmes.

— Laisse-moi m'en aller, gémit-il.

Il ajouta :

— Donne-moi à boire. Un peu d'eau.

Elle pensa avoir enfin compris :

— Ça tourne, hein ? Tu as la tête qui tourne ?

— Oui.

Ainsi, ce n'était que cela ! Elle eut un rire léger.

— Tu as bu un petit coup de trop !

Elle puisa de l'eau dans le seau. Il lui arracha le pichet des doigts.

— Pas besoin de verre.

Mais il tremblait au point qu'il renversa une partie du liquide sur son col et son veston. Elle rit franchement.

— C'est du joli ! Je parie que tu as aussi fumé des cigares !

Elle l'aida à boire, en lui soutenant le front, de la main gauche. Il but goulûment.

— Ça va mieux ?

Elle essuya le col de la chemise et les revers du veston.

— Ecoute, Gilbert. Ce n'est pas la fête tous les jours, et un jeune homme doit se distraire de temps en temps ; c'est naturel.

Elle posa mystérieusement un doigt sur sa bouche, avec un clin d'œil complice. Elle traversa la pièce, ouvrit le buffet, puis revint auprès de son frère.

— Tiens ! Prends !

Il se raidit ; une rougeur intense envahit son visage. Il eut un recul qui le plaqua dans la muraille. Comme s'il eût voulu rentrer dans la muraille. Devenir invisible.

Ce que sa sœur lui tendait, c'était un billet de cinquante francs !

— Prends donc ! Quand on s'amuse avec des camarades, chacun doit payer sa part !

Il jeta farouchement ses mains derrière son dos.

— Ce que tu es drôle, Gilbert !

Elle voulut glisser le billet dans sa poche de veston.

Alors, d'un coup, sa dureté fondit, et son misérable courage... Il n'y eut qu'un gosse effondré, lamentable.

Il plongea une main dans sa poche, la ressortit pleine de billets de mille francs.

— J'ai volé ! Je suis un voleur...

Les sanglots l'étouffaient.

— Gilbert prendrait peut-être un biscuit ? suggéra la grand-mère, sans lever le front de dessus son ouvrage.

*
**

Dans le bois de pins, Olivier tira une dernière fois sa montre de son gousset.

— « Neuf heures dix ! L'idiot a flanché : c'était fatal ! Ça m'apprendra à mieux choisir mes associés ! »

Il quitta le sous-bois en sifflotant avec désinvolture son petit air sur trois notes. Il tremblait de fureur.

Chez les Lafont, Gilbert avait tout avoué à sa sœur.

Tout, sauf la part prépondérante prise par Olivier dans l'affaire.

— « Je suis un lâche, c'est entendu, pensait-il. Mais, cafarder, ce serait la fin de tout. »

— Il n'y a qu'une chose à faire dit doucement la sœur. Tu vas retourner au Pymangou et remettre l'argent où tu l'as pris. Pense à mémé, si les gendarmes te menaient en prison : elle en mourrait. Et moi, qu'est-ce que je... Il faut rapporter cet argent, tout de suite. Tout de suite, tu m'entends ?

Ils sursautèrent.

A la porte, on frappait, à coups rapides.

— Ce sont eux, balbutia Gilbert, tout pâle. Ceux du Pymangou. Je suis... Je suis...

Il voulait dire :

— Je suis perdu.

Sa sœur s'écarta.

— Ne me laisse pas, supplia-t-il.

— Il faut bien que j'aille ouvrir.

Durant le trajet de la muraille jusqu'à la porte, Monique murmurait :

— Mon Dieu, ayez pitié de nous... Mon Dieu, ayez pitié de nous...

Elle ne trouvait que cette imploration désolée.

On frappait plus fort, avec impatience.

Elle ouvrit, et aperçut Olivier.

Ce dernier fut stupéfait.

— Gilbert est ici !

— Tais-toi, chuchota-t-elle. C'est épouvantable. Le vol a été découvert, n'est-ce pas ? Tu viens nous prévenir ?

Il eut un recul, croyant d'abord que Gilbert avait tout révélé. L'expression égarée du garçon, ce paquet de billets de banque froissés...

— Olivier, aide-moi à sauver mon frère.

— « Tiens, songea-t-il elle ne sait donc pas que je... Il ne m'a pas mis dans le bain ! C'est tout de même bien de sa part ! »

Suffisamment déconcerté, il ne trouva rien de mieux que simuler l'étonnement.

— Le vol ? Quel vol ?

— Gilbert a pris près de cent mille francs dans la caisse du Pymangou. Je croyais qu'ils savaient, là-bas, et que tu étais accouru pour nous prévenir.

Il continua de jouer la comédie.

— Gilbert, un voleur ? Ce n'est pas possible ! Je ne peux pas le croire !

— Mais tout peut encore s'arranger, jeta Monique. Gilbert va rendre l'argent.

— Bien sûr ! appuya Olivier ; c'est la seule solution, naturellement. Je vais l'accompagner.

— « Si je peux emmener le gamin, pensait-il, je me charge de le faire changer d'avis en route ! »

— Viens, Gilbert, dit-il. Retournons là-bas. Vite...

— Salaud ! hurla l'autre, dont les traits s'étaient convulsés. Espèce de salaud !

Tout cela se passait dans le dos de l'aïeule qui continuait son travail de couture.

Gilbert s'était tourné vers sa sœur, et tendit le bras dans la direction d'Olivier :

— C'est lui qui m'a donné l'idée de ce vol, et qui m'a poussé ! Lui ! parfaitement ! Il est cause de tout ! Depuis dix jours, il ne m'a pas laissé de répit ; il n'arrêtait pas de me *répéter :*

— « Il faut le faire, et puis on partira tous les deux. On voyagera. Le tour du monde !... » Je devenais fou, à la fin ! Pas de danger qu'il courre le risque lui-même ; il préférait qu'un autre tire les marrons du feu ! Et, ce soir, il m'attendait dans le bois de pins !

Monique avait mal.

« Dans le bois de pins... »

« Là, précisément, où Olivier l'avait conduite, par un beau dimanche. »

C'était là qu'il avait donné rendez-vous à Gilbert !

Il n'y avait plus aucune chaleur en elle, son visage avait pris la couleur terne de la cire ; ses traits étaient figés par le dégoût. Les yeux étaient secs, vides, éteints. Il eût suffi de toucher la jeune fille, doucement, à l'épaule, pour qu'elle tombât.

— Et maintenant, continuait Gilbert, il fait le bon apôtre...

Il imita la voix d'Olivier :

— « Gilbert, un voleur ? Ce n'est pas possible ! Je ne peux pas le croire. » Hypocrite ! Moi qui ne voulais pas le trahir, qui prenais tout sur moi. Fallait-il que je sois bête ! Salaud ! Salaud !...

Il s'élança au dehors, disparut dans la nuit.

— Qu'est-ce qu'il a oublié ? demanda la grand-mère. Sa guitare, au moins ? Il aurait tout de même pu fermer la porte !

Et elle proposa :

— Un biscuit, Olivier ?

Celui-ci s'approcha de la jeune fille.

— Monique, je vais t'expliquer...

Il se tut. La jeune fille, parlant pour elle-même, murmurait, d'une voix morte :

— Il prétendait m'aimer ! Et je l'aimais ! Mon Dieu. Je l'aimais... Il a fait de moi une « fille », et de mon frère un voleur. Et il n'est pas encore content ; ça ne lui suffit pas. Il veut « m'expliquer »...

Alors, dans l'âme du voleur, il se passa quelque chose d'inexprimable.

Lui, le cynique, le sarcastique, l'insensible, connut brusquement que rien, absolument rien de ce qu'il avait cru penser, sentir, jusqu'à ce jour, n'avait eu de réalité. Ne s'en était-il pas douté, d'ailleurs ? Si. A maintes reprises.

A présent, les pensées, les sentiments étaient vrais ; tout était mis à nu, situé dans la lumière exacte prenait sa valeur réelle, ses proportions justes. Comme lorsque le sablier bascule : ce qui était en dessus passe en dessous. Pour la première fois, il *voyait* les choses. Humbles, — et si belles... Le bord luisant du bahut, le rond de la lampe, une tête de vieille femme courbée sur un travail de couture...

Et il savait que cette heure était une heure de grand et profond malheur. Ce malheur prenait l'attitude humiliée, l'expression douloureuse d'une petite fille.

Les quatre-vingt-dix-sept mille francs, ah, comme il s'en souciait peu ! Il aurait accepté de les rapporter au Pymangou, de les remettre lui-même dans la cassette. Il l'eût fait avec joie si Monique...

Il aimait Monique.

Il avait cru jouer... et *il aimait.*

Il parla d'une voix assourdie, pareille à un bourdonnement de prière. Il ne cherchait pas d'excuses ; il reconnaissait les faits ; il n'y avait qu'un responsable ; c'était lui. Mais il jurait n'avoir pas menti en affirmant à la jeune fille qu'il l'aimait. Il ne pouvait pas se résigner à ce qu'elle ne le crût pas. Qu'elle le croie ! Cela seul importait, — mais il le fallait.

Il s'interrompit : les lèvres de Monique remuaient faiblement.

Ce n'était qu'un murmure, presque insaisissable. Il dut s'approcher au point de la frôler.

Il entendit ceci, indéfiniment répété, d'un ton brisé :

— Va-t'en... Va-t'en...

Il appuya sa main sur ses yeux, la retira, garda closes ses paupières quelques secondes.

— Va-t'en...

Il voulut lutter encore, mais comprit que ce serait inutile.

Il partit.

Lui aussi laissa la porte ouverte.

— Les biscuits n'ont pas de succès, ce soir, observa la grand-mère. C'est vrai qu'ils se sont empiffrés, à leur fête !

Gilbert, cependant, était rentré au Pymangou.

Il demanda au père Tourette une audience privée.

— Maintenant ? Mais nous sommes en pleines réjouissances, mon petit ! A demain les affaires sérieuses !

(Ainsi le vol n'avait pas été découvert...)

Gilbert insista.

— C'est très important.

— Le fait est que tu as l'air tout retourné ! Eh bien, viens !

Dans le bureau, Gilbert posa les billets de banque sur une table.

— Qu'est-ce que c'est que ça ? fit le Vieux.

— L'argent de la paye que j'ai volé. J'avais perdu la tête...

Le Vieux plia et déplia machinalement les billets,

tout en étudiant le visage de Gilbert. Un visage transformé, comme illuminé de l'intérieur.

— Je ne comprends pas, fit-il, continuant d'étudier avec intérêt les traits du garçon. Pourquoi me remettre cet argent, *à moi,* alors que tu aurais pu *si facilement* le replacer où tu l'avais pris, et ne rien dire ?

Il guetta avec anxiété la réponse.

— Justement, fit Gilbert. *C'était trop facile.*

Ce n'était pas une phrase à effet. Il disait cela comme il le pensait. Un sourire tendre naquit sur les lèvres de l'homme.

— Maintenant, je... je m'en vais, balbutia encore Gilbert.

— Tu t'en vas ? Où cela ?

— Eh bien... je ne sais pas ! Je ne peux plus rester au Pymangou !

D'un geste, le père Tourette arrêta Gilbert. Il serra les billets dans un tiroir. Il sembla méditer un moment. Puis il secoua la tête, comme quelqu'un qui s'éveille, et il dit en souriant :

— Excuse-moi, mon petit Gilbert, mais il faut croire que je vieillis. Je suis devenu incapable de veiller ! Ma parole, j'ai dormi tout debout ! Je n'ai pas entendu un seul mot de ce que tu m'as raconté. Mais, ajouta-t-il en accentuant son sourire, auquel répondit un timide sourire de Gilbert, je suppose que ce ne devait pas être bien important !...

Au dehors, retentissaient des rires, des éclats de voix, des chants.

— Tâche de bien dormir, Gilbert. Parce que, aujourd'hui c'est fête ; mais demain il faudra se remettre au travail !...

....

Olivier marchait sur la route.

A son oreille, une voix brisée :

— Va-t'en... Va-t'en...

Il avait tout gâché. Tout perdu. Irrémédiablement.

Il avait fait inopinément la connaissance de la douleur ; il la mâchait et la remâchait ;

— Va-t'en... Va-t'en...

Ce n'était pas un ordre, mais une supplication, et il savait que, plus impérieuse que tous les commandements, cette supplication le chasserait désormais, quoi qu'il fît, où qu'il fût.

....

— Moi, ma journée est finie, je vais me coucher, déclara gaiement Mme Lafont. Bonne nuit, ma petite-fille.

Elle embrassa Monique et s'engagea dans un escalier vétuste, dont chaque marche criait.

Monique vint près de la porte ouverte, face aux ténèbres.

Mme Lafont, avant de disparaître, se retourna, se pencha sur la rampe de l'escalier.

— C'est calme, ce soir.

— Oui, grand-mère, c'est calme.

L'aïeule acheva de monter l'escalier, traversa le palier, entra dans une chambre.

Monique ne pleurait ni ne gémissait.

Elle demeurait immobile et muette.

Tout était immobile et muet.

Sauf la porte...

La porte ouverte, qui grinçait dans le vent de la nuit.

DEUXIÈME PARTIE

I

L'ASSASSIN A PEUR LA NUIT

— A tuer !... Ce Myriakos est à tuer ! dit à voix basse Lola Gracieuse.

Elle faisait nerveusement tourner à son poignet gauche un mince bracelet d'argent incrusté de rubis.

Elle avait le visage d'une créature traquée.

Cela se passait peu avant huit heures du soir, le jour même du retour à Paris d'Olivier. Lola, il y avait de cela un quart d'heure, avait téléphoné :

— J'ai besoin de toi absolument. Rejoins-moi dans le café qui se trouve à l'angle de la rue Miollis et de la rue...

C'était un appel au secours.

— Je viens.

A présent, ils étaient assis côte à côte, au fond du café.

Seuls.

Un garçon lymphatique frottait le comptoir d'étain avec un journal de la veille, dont le patron avait au préalable découpé le mot-croisé.

— Le mieux serait que tu me dises tout, observa Olivier.

— Tu sais que je faisais des affaires avec Myriakos...

— Et ça ne me plaisait pas beaucoup !

— Il n'y avait pas de mal; je lui achetais des antiquités, des bijoux. Seulement...

— Il y a un seulement !...

Elle hésitait.

— Oui. Je... Je lui en vendais aussi.

— Tiens, tiens !... J'ignorais !

— Parce que... j'en achetais à d'autres, acheva-t-elle avec difficulté.

Il pinça les lèvres.

— Voilà qui est nouveau... pour moi ! Et ça durait depuis longtemps, ce petit manège ?

— Assez !

Il la regarda durement. Ainsi, cette fille sournoise se livrait à une activité qu'il n'avait jamais soupçonnée. Une activité dont il lui était aisé de se représenter les dangers.

— Compliments ! De quoi nous mettre tous dans le pétrin ! J'imagine d'ailleurs que c'est ce que tu as à m'apprendre ?

— Olivier, c'est très grave. J'ai vendu à Myriakos un collier de perles...

— Volé, bien entendu ?

— Oui. Mais ce n'est pas tout. Le vol s'était terminé par un crime.

— Joli ! fit-il avec écœurement.

— Myriakos a identifié le collier.

— Parbleu ! Il connaît son métier. Et il fait du chantage, maintenant ? C'est classique ! Combien demande-t-il ?

De nouveau, elle hésita.

— Si ce n'était que cela ! Mais il ne veut pas d'argent, avoua-t-elle enfin. C'est... C'est écœurant !

Olivier hocha la tête.

— Le goret. Mais, lança-t-il avec violence, ça devait finir comme ça ! Depuis le temps qu'il rôdait autour de toi, comme un sale rat ! Il attendait l'occasion... Tu la lui as fournie !

— Je l'ai vu cet après-midi, à son magasin : il m'avait demandé de passer. La réception que tu lui as faite ce matin à la maison n'a pas été pour arranger les choses, tu penses ! Il est dans une colère... Il m'a donné jusqu'à ce soir, à huit heures, pour...

— Pour t'exécuter !

— Si, ce soir, à huit heures, je ne vais pas chez lui...

— Il nous dénoncera tous à la Police !

— Oui. Il est au courant de l'affaire Caffier, et de... De tout, on dirait... C'est un individu effroyable.

— Tu t'en aperçois un peu tard !

Un long silence.

Le patron du café feuilletait le *Petit Larousse,* à la recherche d'un mot de neuf lettres, synonyme de : lanterne, commençant par un T et se terminant par un N.

Lola rapprocha son visage de celui d'Olivier.

— Il faut que tu lui fasses peur. Qu'il se trouve en face d'un homme. C'est un lâche, tu comprends ?

Olivier considéra Lola avec dégoût. Il pensait à Monique. Lola lui était devenue une étrangère. Néanmoins, en souvenir de certaines minutes heureuses, il ne pouvait pas l'abandonner en un tel moment.

— Il faudrait y aller maintenant, insista-t-elle. A cette heure-ci, son commis est parti...

— Très bien. Allons faire peur à Myriakos.

Il régla les consommations. Lorsqu'ils sortirent, le patron du débit ne leva même pas la tête : il était plongé dans son mot-croisé.

— Myriakos habite à cinq cents mètres, dit Lola. Allons-y à pied.

Olivier sourit.

Faire peur au chétif Myriakos !... Il n'y aurait pas de mérite, vraiment !

— Ce sera la deuxième fois aujourd'hui ! remarqua-t-il.

Dans la matinée, vers neuf heures, quand Olivier, venant de Dourdan, était arrivé chez Lola Gracieuse :

— Madame est sortie, avait dit la bonne.

— Déjà ?... Quand doit-elle rentrer ? Vous ne savez

pas ? Aucune importance ! Préparez-moi un café. Très fort n'est-ce pas.

Il était passé dans la salle de bains, s'était soigneusement lavé, rasé, avait mis un costume élégant. Il avait repris l'apparence du distingué « cambrioleur aux doigts de fée ».

Là-dessus, coup de sonnette.

— Monsieur Myriakos, vint annoncer la bonne.

Il avait été pris d'une colère subite.

— Ce n'est pas moi qu'il veut voir, évidemment ! Mais qu'il entre. Il tombe bien !

Il avait laissé le Grec huileux se répandre en salutations et formules de politesse plus fleuries les unes que les autres, puis il lui avait soufflé au nez une bouffée de fumée.

— Fichez le camp !

L'antiquaire crut avoir mal entendu.

— S'il vous plaît ?

— Fichez le camp immédiatement ! Et ne remettez jamais les pieds ici, ou je vous assomme ! Allez, ouste ! Dehors !...

— Monsieur Roi, je ne comprends pas ! J'ai rendez-vous avec mademoiselle...

Olivier l'avait empoigné par le col du veston, obligé presque à courir. Le chétif bonhomme, dont seules les pointes de chaussures touchaient le tapis, bredouillait :

— Parfait, monsieur Roi. Très bien, je m'en vais ! Vous pouvez me lâcher. J'ai compris ; je pars, je me retire...

Et maintenant, Olivier se rendait, avec Lola, chez ce même Myriakos.

Pour lui faire peur !

L'antiquaire occupait, impasse des Entrepreneurs, un local à usage commercial vaste mais délabré, dans un bâtiment en retrait, à deux étages, dont il était le seul locataire, avec son propriétaire, un vieil homme impotent. Il fallait traverser un jardinet pour accéder à la boutique de Myriakos.

Olivier décida que Lola l'attendrait à quelques pas de l'entrée de l'impasse.

La porte du magasin était dure, Olivier dut pousser fort. Des tubes de métal, suspendus au-dessus de la porte, vibrèrent en une sorte de carillon guilleret.

Le magasin était un fantastique capharnaüm. Les objets les plus hétéroclites, — dont beaucoup étaient de valeur — s'amoncelaient devant les meubles, sur les meubles, sous les meubles.

Point de Myriakos.

Olivier hésitait quand la voix de l'antiquaire, lointaine, lui parvint.

— C'est vous, Lola ?... Gentil d'être venue !... Une seconde, je suis à vous...

Furtivement, Olivier traversa le magasin, ouvrit une porte basse, se trouva au seuil d'un bureau sordide. Myriakos, dos tourné à Olivier, rangeait des papiers dans le tiroir d'une table.

— Ma chère petite Lola, reprit Myriakos, je pensais bien que vous...

En parlant, il avait pivoté. Il s'interrompit, et son sourire se figea.

— Oh, pardon ! Bonsoir, monsieur Roi !... C'est une bonne surprise ! Excellente, vraiment ! Je ne vous demande pas si vous avez fait bon voyage : nous nous sommes déjà vus aujourd'hui, chez Mlle Gracieuse... Je dois même dire que vous étiez un peu nerveux ! La fatigue, sans doute ? On part en voyage pour se reposer, et... il arrive que l'on revienne plus fatigué !

— « Il ne sait tout de même pas comment j'ai passé mon temps au Pymangou !... songea Olivier. Ce serait trop fort ! »

Il plongea une main dans sa poche de veston. Se méprenant sur la signification de ce geste, l'antiquaire, dos à la table, entrouvrit le tiroir de cette table, et ses doigts tâtonnèrent à la recherche d'un revolver. Olivier sortit sa main de sa poche, posa une liasse de billets de banque sur une commode qui supportait une lourde pendulette Empire en bronze doré.

A la vue des billets, l'antiquaire sourit.

— Visite d'affaires ?

— Je suis venu vous racheter le collier que Mlle Gracieuse vous a vendu.

— C'est une pièce merveilleuse, d'une grande valeur, susurra Myriakos.

— Vous lui avez payé cent mille francs. Les voici.

— Mais... Mon bénéfice ? Vous n'avez pas idée des charges qui nous accablent, nous autres pauvres commerçants ; la patente, le chiffre d'affaires...

— Ne faites pas l'imbécile, Myriakos. Je n'ai pas de temps à perdre. Combien voulez-vous ?

— Rien, dit sèchement l'antiquaire.

— Quoi ?

— J'ai acheté ce collier. Je l'ai payé comptant. Il a pour moi une valeur inestimable. Je le garde ! A moins...

— A moins ?

— A moins que Mlle Lola Gracieuse ne vienne me le demander elle-même, acheva l'antiquaire en regardant froidement Olivier.

Celui-ci serra les poings, mais se contint.

— Ecoutez, Myriakos. Je suis venu vous chercher ce collier. Vous allez me le remettre.

D'un coup de poing, il eût pu assommer le vieil antiquaire.

— Sinon ?... fit l'autre, dont la main tâtonnait de nouveau sournoisement le tiroir.

Comme Olivier se taisait, il ajouta :

— Vous pouvez parler : *il n'y a pas de dictaphone, ici !*

Olivier fit vivement un pas. Instantanément, Myriakos braqua sur lui le revolver.

— N'avance pas ! glapit-il.

Il ricana.

— Alors, qu'est-ce que tu croyais, mon petit monte-en-l'air ? Tu prenais Myriakos pour un premier communiant ? Je pourrais t'abattre ! Qu'est-ce que je risque ? Je suis chez moi... Il est tard... Légitime défense... Et j'en sais assez pour vous faire coffrer tous, toi, ta Lola, ton Bébé-Fakir et sa tireuse de cartes... Voyez-vous ça : parce que monsieur a des poings de boucher, monsieur s'imagine qu'il n'a qu'à paraître, faire les gros yeux, et que... Sans blague !... Tu n'avais qu'à mieux la surveiller, ta Lola !

Olivier eut un léger mouvement.

— Ne bouge pas, cria l'autre. Retourne-toi.

Olivier se retourna.

— Je te permets de reprendre tes petits billets, tu vois, je suis gentil. Allez ! Prends tes sous, et fous le camp ! Fous le camp tout de suite...

Olivier avança une main vers la liasse de billets de banque placés sur la commode. Mais ce fut la pendulette Empire en bronze doré qu'il saisit. Il fit volte-face. Une détonation claqua : Myriakos avait fait feu. La balle siffla aux oreilles d'Olivier, qui s'était jeté en arrière. Olivier lança à toute volée la pesante pendulette. La riposte avait été si rapide que l'antiquaire n'eut pas le réflexe nécessaire : il reçut le projectile en plein visage et s'abattit avec un hurlement.

Olivier s'agenouilla, lui posa une main sur la poitrine, puis se redressa lentement.

Voilà comment les choses arrivent ! Il avait voulu « faire peur » à Myriakos, — et, désormais, Myriakos n'aurait plus peur de rien en ce monde !

— « Le cœur ne bat plus... »

Brusquement, Olivier tourna la tête.

Ce bruit...

Ce n'était qu'un gros ballon de caoutchouc rouge, qui venait de rouler de dessus un meuble et rebondissait parmi les objets, qui se le renvoyaient. Il heurta le cadavre, puis tomba sur un service de Baccarat ; une coupe se brisa avec un tintement sec ; le ballon s'immobilisa.

Maintenant, le silence...

Dans le silence, un tic-tac. Olivier regarda avec hébétude la pendulette Empire : malgré le choc, elle marchait encore, sous le bureau où elle était tombée. Elle sonna huit coups. Olivier, complètement inconscient, compta ses coups.

Son visage s'était couvert de gouttelettes de sueur.

Mort !

Myriakos était mort...

Olivier, le « cambrioleur aux doigts de fée », qui ne laissait jamais une empreinte ni un indice, qui prévoyait et calculait tout, Olivier, qui avait horreur du sang, se flattait d'avoir les mains nettes, et n'emportait dans ses expéditions, pour toute arme, qu'un revolver-farce, chargé de cigarettes, — Olivier était un assassin.

Il frissonna : le bruit aigrelet d'un timbre de bicyclette venait de retentir dans l'impasse.

Une panique l'emporta. Oubliant de reprendre les cent mille francs et le collier de perles, que l'on apercevait dans le tiroir entrouvert, il traversa en courant le bureau, le magasin.

Le carillon de l'entrée vibra longuement lorsqu'il sortit.

Personne dans l'impasse qu'il franchit rapidement. Soudain, une terreur le saisit :

— « On va relever mes empreintes sur la pendulette... » Il s'aperçut alors qu'il avait gardé ses gants, — vieille habitude, devenue instinct.

A l'angle de la rue, Lola attendait. Il vint à elle d'un pas d'automate.

— Myriakos, demanda-t-elle.

Pour toute réponse, il dit :

— Je l'ai tué.

Et il s'éloigna, du même pas d'automate, laissant la jeune femme paralysée par la stupeur et l'angoisse.

*
**

Lorsqu'Olivier, quelques heures plus tard, rentra rue La-Fontaine, Lola était revenue, puis ressortie.

Il passa dans la chambre à coucher.

Dès le seuil, il éprouva un saisissement.

Le parfum de Lola, une photographie de Lola. Sur une coiffeuse, un tube de rouge à lèvres, un flacon de vernis, pour les ongles, un peigne dans lequel étaient restés pris deux cheveux tellement oxygénés qu'ils paraissaient des cheveux d'aïeule vénérable ! Une mule douillette au pied du lit, (où pouvait être l'autre ?). Sur un dossier de chaise, une paire de bas, une combinaison vert pâle.

Un émoi envahit Olivier. L'atmosphère de sensualité qui se dégageait de chaque objet était si puissante...

Il s'assit sur le lit, glissa ses doigts sous une des peaux de panthère, caressa l'oreiller, qui lui parut tiède encore. Il alluma une cigarette, et s'allongea.

Mais aussitôt, dans son cerveau, s'éleva la voix lasse et brisée de Monique :

— « Va-t'en... Va-t'en... »

Il se retourna violemment sur le côté et vit entrer Lola. Il regarda avec haine cette femme par la faute de laquelle il était devenu un meurtrier.

Lola vint nouer ses bras autour de son cou.

— Quand je pense que tu as fait cela pour moi ! Pour moi...

— Je ne l'ai pas fait *pour toi.* Je l'ai fait *à cause de toi...*

Il ne répondait pas à ses baisers ; ses bras demeuraient inertes.

— Olivier, mon amour...

Il eut une nausée. Il la saisit aux poignets, la repoussa, marcha vers la porte.

— Olivier ! Où vas-tu ? cria-t-elle.

— Faire un tour !

— Faire un tour... Je comprends ! Les petites filles des environs de Sainte-Mesme t'intéressent plus que moi !

Il se retourna.

— Tu sais ça ? Tu t'es renseignée ? Eh bien, ne me parle plus de cette jeune fille. Ne recommence jamais !

— Va-t'en... Va-t'en... » répétait le souvenir dans son cœur.

Il claqua la porte.

Il comptait rentrer le plus tard possible. Mais, dès que vint le soir, une oppression obscure le ramena rue La-Fontaine.

Une sorte de malaise général, impossible à localiser.

Cette nuit-là, il dormit peu. Il revoyait la scène chez l'antiquaire, le bureau sordide, le tiroir entrouvert, puis la chute de Myriakos, la face meurtrie de Myriakos.

Il réentendait les bruits : le carillon, lorsqu'il était entré... Le coup de feu... Le hurlement de l'antiquaire... Les chocs sourds du ballon rouge, qui n'en finissait pas de rebondir... Le tintement de cristal brisé... Puis, dans le silence, le tic-tac de la pendulette Empire... Les huit coups sonnés par cette pendulette... Le timbre du cycliste, dans l'impasse... Enfin, lorsqu'il s'était sauvé, le carillon de la porte, de nouveau.

Ainsi, inlassablement, son esprit procédait à une reconstitution, tantôt visuelle, tantôt sonore, de son crime.

Au matin, son malaise s'était dissipé.

Mais il éprouvait une impression de solitude si insupportable qu'il se rendit, avec un dégoût lucide, chez Bébé-Fakir. Il le trouva au lit, prenant douillettement son petit déjeuner et parcourant le journal.

— Rudement content de te revoir, s'exclama le gros homme.

Il tendit le journal à Olivier.

— Tu es au courant ?

En caractères gras, un titre se détachait :

MEURTRE D'UN ANTIQUAIRE

« *Un assassinat, perpétré avec une sauvagerie inouïe, vient d'être découvert... etc.* »

L'article donnait fort peu de détails.

Olivier rendit le journal, nerveusement.

— Une pendulette en pleine poire ! commenta Bébé. C'est vache !...

Il s'extirpa précautionneusement des draps.

— Sans compter que, cette pendulette, c'est une tuile !

— Comment ça ? fit Olivier, surpris.

— Dame ! Le Myriakos pouvait être utile ! Quand on avait de la « marchandise » trop « voyante »...

Olivier ne répondit pas.

Bébé bâilla. Il était suprêmement ridicule dans son pyjama rose. Il alla à la fenêtre.

Alors, demanda-t-il en s'étirant, on va se remettre au boulot ?

Olivier se taisait toujours.

— Tu te rappelles ?... poursuivit Bébé. Ce marchand de vins du XIIIe, dont je t'ai parlé au téléphone. Vingt-six rue Jeanne-d'Arc. Mon Ida a tiré les vers du nez de sa femme ; elle a eu des informations complémentaires : une affaire toute cuite !... Du travail d'enfant... Je vais t'expliquer ça en longueur et en largeur...

***

— Qui a tué ton patron ?... Allons, avoue ! Tu le sais... Tu étais complice ! Avoue...

— Ce n'est pas moi, je le jure ! Je suis innocent !

Ce n'était que par jeu que les policiers tourmentaient Gabriel Minguet, le commis de l'antiquaire. Ils ne le soupçonnaient nullement. Mais il avait l'air si benêt, avec sa tignasse frisée, son regard mou, sa voix larmoyante ! Ils se distrayaient, en attendant que l'inspecteur Paluaud vînt donner ses ordres.

Celui-ci s'était enfermé dans l'arrière-boutique. On l'entendait aller et revenir, ouvrir des tiroirs, les refermer brutalement une seconde plus tard. Pas content, Paluaud !... Il revenait au cadavre, s'agenouillait pour la vingtième fois, se penchait sur la face défoncée de Myriakos, se redressait en grognant.

Il ouvrit la porte de communication :

— Le docteur n'est pas encore là ? Qu'est-ce qu'il fiche, bon Dieu ?

Les hommes de l'Identité faisaient ample moisson d'empreintes digitales. Ils photographiaient, mesuraient, prenaient des croquis de secours, emballaient précautionneusement des objets. Un policier ficelait des paquets de paperasses : la « comptabilité » de Myriakos.

— Je vous dis que je suis innocent, cria encore Minguet, dans le magasin.

Paluaud vint à la porte.

— Laissez-le. Je l'interrogerai tout à l'heure. (Son visage s'éclaira.) Ah, c'est vous docteur !...

Le médecin légiste arrivait. Il grommela une excuse pour son retard et les deux hommes disparurent dans la pièce du fond.

— Eh bien, s'exclama le médecin à la vue du cadavre, l'assassin n'y a pas été de main morte ! Quel coup magistral !

Paluaud allumait une cigarette.

L'interrogatoire de Minguet n'apporta aucun élément intéressant. Il assura s'être trouvé chez lui, au moment où s'était commis le crime, c'est-à-dire entre huit heures et dix heures, la veille au soir, selon l'estimation du médecin. Il n'était pas en mesure de le prouver, habitant seul et aucun témoin n'ayant pu se trouver. Mais sa déclaration était parfaitement vraisemblable. Le magasin d'antiquités fermait à six heures et demie — du moins, il fermait pour la clientèle ordinaire, puisque, aussi bien, ce commerce n'était qu'une façade.

De six heures et demie à sept heures, Minguet procédait à des rangements, puis partait. A sept heures et demie, il arrivait très régulièrement dans son quartier, derrière le Panthéon, faisait quelques achats : boulangerie, épicerie, crémerie, et s'enfermait jusqu'au lendemain dans sa chambre mansardée où il dînait frugalement, puis il se mettait au lit et, jusqu'à une heure avancée de la nuit, lisait, dans des éditions populaires, des aventures de trappeurs, pionniers, Indiens, etc. dues à la plume de Boussenard, Gustave Aymard, ou autres romanciers de même imagination. Il s'exaltait de ce genre de lectures.

Minguet était au service de Myriakos depuis trois années. A tous ceux qui le connaissaient, il avait toujours montré grande satisfaction de cet emploi bien rémunéré.

Certes, il eût pu être tenté par quelque objet de valeur. Dans le magasin, et surtout dans l'arrière-boutique, il en passait beaucoup. Surpris par son patron, ou convaincu de vol par ce dernier, il eût pu le tuer. Mais il n'avait que des besoins modestes, étant sauvage de nature et chaste de mœurs. En outre, si le vol avait été son dessein secret lorsqu'il était entré chez Myriakos, eût-il attendu trois années ?

Aux questions de l'inspecteur, il répondit.

Avait-il remarqué quoi que ce fût d'anormal, le jour du crime ?

Non.

Myriakos était-il soucieux, inquiet ? Avait-il fait allusion à des menaces dont il eût été l'objet ?

Non. Il semblait d'excellente humeur.

Et les jours précédents ?

Rien de spécial.

A la connaissance de Minguet, un vol avait-il été commis ?

A sa connaissance, aucun.

— C'est bon. Vous pouvez vous retirez, monsieur Minguet. Mais vous vous tenez à ma disposition, bien entendu.

— Certainement, monsieur l'Inspecteur.

L'interrogatoire du propriétaire de l'immeuble où était installé le magasin fut plus décevant encore.

C'était un vieil homme rendu irascible par les infirmités.

Il s'exprima en termes dithyrambiques sur Myriakos, un commerçant honnête, consciencieux, honorant ses termes avec ponctualité. Et il demanda aigrement à quoi la police passait son temps, pendant que l'on assassinait de paisibles citoyens.

— Moi aussi, un de ces jours, vous verrez ce que je vous dis, on viendra m'égorger dans mon fauteuil ! Et la police ne découvrira pas davantage mon meurtrier qu'elle ne trouvera celui de Myriakos.

— Vous parlez de ce que vous ignorez !

— J'en mettrais ma main au feu ! La police ne trouve jamais rien !

On lui fit observer qu'au lieu de se livrer aussi hargneusement à un procès de la Police, il serait plus avisé et plus utile d'aider cette Police, si cela était en son pouvoir.

— Ni en mon pouvoir, ni en ma volonté ! répliqua-t-il. Je paie des impôts pour être protégé, et je constate que je ne le suis pas, voilà tout ! Mais si, en plus, je dois faire votre travail... Avouez que c'est un comble !

— Oui ou non, demanda Paluaud, excédé, avez-vous entendu quoi que ce soit d'anormal, vers huit heures du soir, le jour du crime ?

— Rien ! dit sèchement le vieillard en crispant ses doigts noueux sur les bras de son fauteuil et en regardant les inspecteurs d'un air de défi méprisant.

Paluaud passa à la P.J. On avait dépouillé les papiers de Myriakos. Bilan : une dizaine de personnes pouvaient être suspectées. Des gens que Myriakos faisait chanter parce qu'il détenait des secrets dangereux, et deux ou trois malfaiteurs ou trafiquants que l'antiquaire-indicateur avait dénoncés. Paluaud lança des hommes sur ces différentes pistes.

Au laboratoire de Police Technique, ensuite, il se fit communiquer le résultat de l'examen des empreintes digitales relevées chez Myriakos.

Sur la pendulette Empire qui avait constitué l'arme du crime, on n'en avait trouvé aucune : le meurtrier portait des gants.

En revanche, un peu partout dans le magasin, on avait relevé des empreintes diverses. Elle n'offraient dans l'ensemble aucun intérêt.

Une, toutefois, retint l'attention de Paluaud : l'empreinte de la fille GRATIEN (Marie-Alexandrine) dite Lola Gracieuse.

Il se rendit chez Lola.

Celle-ci convint qu'elle était une cliente de Myriakos ; elle montra des pièces d'antiquité achetées chez l'antiquaire. Le jour du crime, elle était allée chez ce dernier, examiner une icône du XVe, enrichie de pierreries. Il était normal que l'on eût relevé ses empreintes dans le magasin.

Rien à dire à cela.

Dans un secrétaire de la jeune femme, Paluaud trouva un browning. Lola déclara qu'elle était souvent seule, et que, dans ces conditions, la prudence...

Rien à dire à cela non plus.

Paluaud se retira.

Lorsqu'il revint à son bureau à la P.J., il apprit du nouveau sur Gabriel Minguet. Contrairement à ce qu'avait dit le commis, il n'avait pas dîné chez lui, la veille. Il avait pris son repas dans un petit restaurant du quartier Latin, un peu après neuf heures.

— Curieux ! fit Paluaud. Pourquoi a-t-il menti ? Car, au fond, qu'il ait dîné chez lui ou au restaurant, cela ne fait aucune différence !

*
**

— Qu'est-ce qui s'est passé ? demanda Bébé-Fakir, pour la dixième fois. Explique-toi !

Bébé et Olivier étaient mélancoliquement assis sur un banc dans le petit square Curie, près de la Salpêtrière. A cette heure matinale, pas un enfant, pas une maman, pas un des vieillards de l'Hospice : leur conversation ne risquait point d'être surprise.

Olivier avait posé à leurs pieds son étroite valise garnie d'outils de cambriolage. Cela se passait cinq jours après l'entrevue où avait été décidée l'expédition chez le marchand de vins de la rue Jeanne-d'Arc et trois jours après le meurtre de l'antiquaire.

Cette expédition, ils l'avaient tentée durant la nuit et elle avait échoué.

Pourquoi ? C'était ce que Bébé-Fakir ne parvenait pas à comprendre !

Tout s'était d'abord déroulé selon le programme. Le départ du marchand de vins et de ses employés, l'entrée d'Olivier et de Bébé dans l'immeuble, puis dans les locaux du négociant. Point de veilleur. Il existait un dispositif de sécurité, mais Bébé connaissait le moyen de le neutraliser. Un coffre à fracturer, et ils n'auraient qu'à se retirer les poches pleines ! Ni indices ni empreintes, selon la devise de la « Maison » !

Que s'était-il passé ?

Olivier avait soudainement interrompu Bébé-Fakir dans ses préparatifs d'effraction.

— Allons-nous-en !

— Qu'est-ce qu'il y a ? Tu as entendu quelqu'un ?

Ce qu'il avait entendu ? Un tic-tac... Rien de plus.

— Je te dis de venir ! Vite ! Filons...

Le ton n'admettait pas de réplique. Les circonstances, ni le lieu, ne se prêtaient à des explications. Ils s'étaient enfuis.

Dans la première rue tranquille, Bébé-Fakir avait repris ses questions. Olivier ne répondait que ceci :

— Tu ne pourrais pas comprendre ! Il fallait que nous partions.

Bébé était furieux. N'avait-il pas monté lui-même toute l'affaire ? Il aurait pu la réaliser seul et empocher le bénéfice. Par fidélité à l'amitié, il ne l'avait pas voulu. Or, à cause d'une lubie de son compagnon...

— Tu ne pourrais pas comprendre ! *Il le fallait !...* Marchons un moment, veux-tu ?

La voix était suppliante. Bébé-Fakir, interloqué, n'avait pas insisté.

« Un moment... »

En fait, ils avaient déambulé trois heures, durant lesquelles Olivier était demeuré silencieux. L'autre n'y tenait plus.

— Enfin, quoi ? Tu es malade ?

— Non. C'est-à-dire : je ne me sens pas bien. Ça va passer. Marchons encore un peu...

Olivier respirait fort, et hâtait le pas, semblant fuir...

Fuir quoi ?

A l'aube, il avait paru reprendre le contrôle de ses nerfs. Ils s'étaient arrêtés dans le square Curie. Bébé-Fakir s'irritait de nouveau.

— Quand tu m'as dit : — « Filons ! », tu avais tes raisons ! Qu'est-ce qu'il y a eu ? Tu n'as pas... Non, ça n'est pas possible ! Tu ne vas pas me raconter que tu t'es dégonflé ?

— Non, dit Olivier.

Et, cependant, c'était cela. La peur ! La peur avait été cause de sa fuite !

Une peur, toutefois, bien différente de celle à laquelle Bébé-Fakir faisait allusion.

Cette peur, Olivier la subissait depuis plusieurs jours déjà.

Elle commençait chaque soir, au coucher du soleil.

Chaque soir, très régulièrement.

D'abord un frisson, comme une grippe naissante.

Olivier passait deux doigts sur ses tempes : les doigts devenaient gras, luisants.

Une sueur légère, glacée. Une angoisse encore diffuse. Une impatience irritée. Un désir de mouvement. Un besoin de fuite...

A mesure qu'approchait la nuit, l'angoisse se faisait plus aiguë. Sa venue était parallèle à celle des ténèbres, elles semblaient cheminer toutes deux de compagnie.

Un tic-tac...

Ce tic-tac, lointain, se rapprochait, s'amplifiait, jusqu'à dominer tous les bruits.

Un soir, Olivier avait lancé sa montre contre une muraille où elle s'était brisée. Il n'en avait pas moins continué d'entendre le tic-tac. Comme si une montre eût marqué la seconde dans sa tête.

Huit heures sonnaient.

Alors, *les bruits* se succédaient.

Les uns après les autres, bien dans l'ordre.

D'abord, le carillon. Puis un claquement de revolver. Le hurlement de Myriakos. Les rebondissements du ballon. Le tintement du verre brisé. Le timbre du cycliste. Et, sur tout cela, le tic-tac... Les coups de l'horloge... Pour finir, le carillon.

Olivier revivait son crime.

Il jetait ses mains sur son visage, que couvraient des gouttes de sueur.

Il s'enfuyait.

Mais quelle que fût la porte qu'il ouvrît pour gagner la rue, — porte de l'appartement ou porte d'un café, — ce geste suffisait à déclencher sous son crâne le carillon du magasin de l'antiquaire.

Dans les rues, tout lui rappelait la scène horrible. Un cycliste le croisait, faisait sonner son timbre. Une détonation de moteur rappelait une détonation d'arme à feu. Une horloge, au fronton d'un monument public, égrenait les heures. Des enfants jouaient au ballon. Tout alimentait son obsession.

Il marchait...

Vers une heure du matin, lorsque presque toutes les lumières étaient mortes et que Paris n'était plus qu'un gouffre d'ombres, il marchait toujours à travers la ville la peur solidement installée sur ses épaules.

Dormir ?

Il l'avait essayé. Impossible !

Tout, plutôt que de demeurer allongé sur un lit, entre quatre murailles, les poings serrés, les prunelles écarquillées dans le noir, et d'écouter durant des heures ce tic-tac lancinant qui vous martèle le cerveau, vous brise les nerfs, et vous laisse pantelant, persuadé qu'il n'est qu'un remède : le suicide.

Chaque soir, c'était ainsi.

Et le pire était que le retour régulier de l'obsession n'en atténuait pas la violence. Elle était toujours aussi intolérable. Il n'y avait pas d'accoutumance.

Cette peur, Olivier la respirait avec l'air. Elle était partout à la fois. En lui et autour de lui. Elle dansait devant ses yeux et dansait à l'intérieur de son crâne. Elle n'avait pas de poids et pourtant était écrasante. Pas de voix, et, cependant, les couvrait toutes...

Dans le square Curie, Olivier tapotait songeusement la valise contenant son précieux attirail de cambrioleur.

Il se leva.

— Bébé-Fakir, ne me demande pas de t'expliquer... Je m'excuse pour cette affaire de la rue Jeanne-d'Arc.

Il fit suivre ces mots d'une phrase plus ambiguë encore :

— Ma carrière est définitivement compromise !

Sur les genoux de Bébé-Fakir abasourdi, il posa la valise pleine de fausses clés.

— Je t'en fais cadeau.

— Si on allait boire un bon coup ? proposa l'autre, obscurément bouleversé. Ça te remettrait.

Olivier refusa et s'éloigna hâtivement.

Il respirait mieux, car l'aube levait sa peur, déchargeait ses épaules de l'épouvante nocturne.

Il prit le métro. La rame était bondée de travailleurs se rendant à l'usine, à l'atelier, au magasin.

Mal éveillés, la fatigue de la journée précédente non encore dissipée, pressés, tassés, comprimés, ces gens avaient cependant des visages heureux.

Au milieux d'eux, Olivier se sentit plus solitaire encore !

Il descendit à une station des boulevards. L'idée de Bébé-Fakir n'était peut-être pas si mauvaise : entrer dans un café, et boire...

Il commanda de l'alcool.

Dans plusieurs cafés, il but. En rentrant rue La-Fontaine, il titubait.

— Tu es ivre ! s'indigna Lola. Au moment où tu devrais garder ton sang-froid, où un inspecteur peut se présenter d'un instant à l'autre !

Il la regarda, hébété. Il prêtait l'oreille à un bruit assourdi et lointain de tic-tac, qui allait s'amplifiant.

— Tu entends ? demanda-t-il enfin. Sûrement, tu entends, *toi aussi...*

— Qu'y a-t-il ? fit-elle, inquiète. Je n'entends rien.

Maintenant le carillon retentissait, mêlé aux coups d'une horloge irréelle.

— Tu n'entends pas ? cria-t-il. Tu n'entends pas ! Et c'est pour toi que je l'ai fait ! Pour toi...

Elle s'approcha de lui. Il recula.

— Laisse-moi. Ne me touche pas !

Et il s'enfuit hors de l'appartement.

Intriguée, Lola courut à la fenêtre, se pencha au balcon, guettant la sortie d'Olivier dans la rue.

Elle attendit : il n'apparaissait pas.

— « Que peut-il bien faire ? »

A pas furtifs, elle traversa le vestibule; elle ouvrit précautionneusement.

Il était là. Assis sur la première marche du palier. Il avait enfoui son visage dans ses mains.

Il se leva, descendit les marches en chancelant.

— « Pauvre type! se dit Lola.

Elle rentra chez elle, et referma la fenêtre avec un sourire méprisant.

Olivier allait où ses pas voulaient bien le mener. Il parvint dans les jardins du Ranelagh.

Il pensait à Monique avec douleur. Il eût tout donné pour la revoir.

Il l'imaginait sur la route de Sainte-Mesme, rentrant de son travail, accélérant sa marche devant le bois de pins, l'accélérant encore à l'endroit où il lui avait offert un liseron, puis courant dans le chemin creux où il l'avait embrassée.

Elle l'avait aimé! Avec quelle adorable pudeur! Il se rappelait des gestes de tendresse, si timides : la main de Monique effleurant son poignet, s'élevant parfois vers sa joue, mais, à l'instant de la frôler, retombant... Que d'amour dans ces élans retenus!

Il se demanda ce qu'était devenu Gilbert. Encore un qui lui avait donné son affection et dont il avait fait le malheur. Pauvre petit bougre; est-ce qu'il croyait encore aux Iles?

Olivier se sentait désespérément seul, et il comprenait que, pour lui, la solitude n'était pas autre chose que *l'absence de Monique.*

Quantité d'enfants jouaient dans le jardin. Principalement des tout petits, qui trottinaient, flageolant sur des jambes molles comme des saucisses. Ils oscillaient, s'affaissaient sur le derrière, jetaient un piaillement aigu, puis, l'instant d'après, un rire vainqueur plissait leurs joues marbrées : ils se fourraient dans la bouche un caillou, un bout de papier, la pointe de leur soulier.

L'enfance. Le commencement de la vie. Ce qu'il y a

de plus éloigné de la mort. L'époque où la notion même de la mort n'existe pas...

Olivier tira sa montre : bientôt midi.

Il passa rue La-Fontaine. Lola était sortie. Il prépara une valise, laissa sur la table de chevet un mot en évidence : « *Adieu, inutile de chercher à me revoir* ».

L'après-midi, il loua une chambre rue Cujas, au cœur du quartier Latin. Il rangea lentement ses vêtements, son linge dans l'armoire à glace. Puis il écrivit une lettre à Bébé-Fakir. Il lui donnait son adresse mais lui enjoignait de ne la révéler à personne. Surtout pas à Lola.

Ensuite, il s'assit.

Il resta ainsi très longtemps, strictement immobile.

Soudain, il frissonna :

Lointain, — le tic-tac...

Il retira ses paumes de dessus son visage. La nuit tombait.

Il vint devant l'armoire à glace. Il clignait les yeux, ce qui avait pour effet d'unifier le détail des traits et d'accentuer, par contraste, les arêtes, les parties saillantes. De sorte qu'il dessinait ainsi une tête de mort. La tête de mort qui serait la sienne, quand...

La tête de mort qui était maintenant celle de Myriakos.

Et, brusquement, il pensa qu'un jour Monique mourrait. Elle aussi... Il fut secoué d'un frisson plus fort.

Sur ces entrefaites, on frappa à la porte. Il se retourna avec des yeux fous. Il ne bougeait pas, respirait à peine.

On frappa de nouveau, et une voix inconnue dit cette phrase surprenante :

— Monsieur, il est huit heures !

Absolument glacé, il regardait cette porte derrière laquelle une créature inimaginable lui rappelait l'heure de son crime, l'heure, aussi, de son châtiment, puisque l'obsession commençait chaque soir à cette heure-là.

— Monsieur, répéta la voix, il est huit heures !

Il alla ouvrir et se trouva en présence d'une fille aux cheveux filasse, aux yeux glauques : c'était la bonne de l'hôtel. Elle était chargée de réveiller un musicien qui, jouant la nuit, dormait le jour. Elle s'était trompée de porte. Elle s'excusa.

Olivier referma, et entendit en imagination tinter le carillon de la boutique d'antiquités. Il descendit dans la rue. Bientôt, il n'était plus qu'un être cerné par les ténèbres et l'horreur, un homme hanté qui marchait, marchait...

***

Quelques jours plus tard, Bébé-Fakir vint le voir, et le trouva à demi assommé devant une bouteille d'alcool.

— Tu te laisses aller ! dit le gros homme. Moi qui venais te proposer une affaire...

— Fini, Bébé-Fakir.

L'autre ne put retenir un gros rire.

— Tu ne vas tout de même pas me parler de ta conscience !

Olivier se versa à boire. Bébé-Fakir s'empara du verre.

— Ne fais pas ça, Olivier ! C'est bon pour les types usés. Mais toi !... Il y a une femme là-dessous, hein ? Ça se devine. Peine de cœur, c'est ça ?...

— Laisse-moi tranquille !

— Une femme ! Je le savais ! J'ai fait une géomancie, j'ai tout de suite vu de quoi il retournait. D'ailleurs, tu as tort de te casser la tête : dans le tableau, il y avait le signe de la *Pucelle* dans la case du *Témoin de l'Avenir,* et le signe de la *Réunion* dans la *Maison du Juge.* La *Pucelle,* la *Réunion :* c'est épatant, on ne peut pas demander mieux ! Ton affaire va s'arranger ! Vous vous rabibocherez !

— Laisse-moi !

— Quelle pitié ! Gâcher l'avenir d'un artiste tel que toi... Car tu étais un artiste ! Tu avais la vocation.

— Si tu ne peux pas te taire, va-t'en.

— Bon, bon ! Que le diable t'emporte ! Moi, je resterai sur le chantier ! Par conscience professionnelle ! Et aussi pour mon Ida ! Je ne peux pas laisser mon Ida mourir de faim !

Olivier se leva d'un bond, ouvrit la porte toute grande. Il avait un air si menaçant que Bébé-Fakir sortit précipitamment.

***

Revoir Monique, c'était l'unique désir d'Olivier. Il grandissait dans la mesure même où Olivier résistait à la tentation d'aller rôder près du hameau où s'élevait la maison des Lafont.

Que de pauses il fit devant la gare du Luxembourg ! Que de fois, assis à la terrasse du café qui fait face à la gare, il contempla ce bâtiment noir et laid, qui lui semblait plus merveilleux qu'un monument des temps antiques !

Un jour, il était allé au guichet, il avait pris un billet. Il le déchira d'ailleurs aussitôt.

Or, un matin, au sortir d'un sommeil pesant, il se souvint de deux rêves : le premier datait de la nuit de son arrivée au Pymangou. Olivier avait enduré en songe des angoisses atroces, mais, dès que le visage de Monique lui apparaissait, il se sentait envahi d'un sentiment de sécurité inexprimable.

Le second était un rêve de Monique. Elle le lui avait raconté ce jour de dimanche où ils s'étaient promenés en forêt, et aimés.

— « J'ai rêvé d'un homme qui gardait tout le temps ses mains sur sa figure, — comme ça. (Elle imitait le geste.) Il était très malheureux. Des fois, il se trouvait près de moi ; d'autres fois, loin. Il m'appelait. J'aurais voulu le consoler, mais comment faire ? »

Elle avait ajouté :

— « Je me demande ce que ça peut vouloir dire ? »

Olivier avait répondu :

— « Les rêves ne veulent rien dire. »

Mais ils prédisaient tout, au contraire ! Les souffrances à venir étaient annoncées dans ces deux cauchemars. Olivier monta dans le premier train pour Limours.

Il n'allait point mendier un pardon impossible. Il ne parlerait pas à Monique. Il ne l'approcherait même pas. Du moins, il la verrait. Dissimulé dans le sous-bois, il la regarderait de loin, comme un pauvre. Il la verrait !

Et ses épouvantes en seraient adoucies.

A Sainte-Mesme, il apprit que Mme Lafont était morte, renversée sur la route, à la hauteur du chemin creux, par une camionnette. Elle n'avait pu entendre le bruit du moteur, étant sourde, et les haies lui avaient masqué l'approche du véhicule.

— Gilbert et Monique ?

— Ils ont vendu le peu de mobilier qu'ils possédaient et ils ont quitté le pays.

— Mais ils ont laissé une adresse ?

— Je ne sais pas. On vous dira ça au hameau.

Au hameau, on ne savait rien.

— On vous dira ça au Pymangou.

Olivier ne pouvait se présenter au Pymangou, où l'on connaissait évidemment la part qu'il avait prise dans le vol, le soir de la fête. — « D'ailleurs, se dit-il, Gilbert a dû quitter le chantier à la suite de cette affaire. C'est même probablement à cause de cela qu'il est parti de la contrée avec Monique. De sorte qu'au Pymangou on ne pourrait pas me renseigner. »

Il demanda si la maison où vivaient les Lafont était habitée.

— Non. Vous auriez l'intention de louer? Vous pouvez visiter.

La porte était fermée seulement au loquet.

Il entra dans la maison vide. L'émotion le bouleversait. Il regardait les murs passés au lait de chaux, l'évier ; il pouvait situer chaque chose de mémoire. Le buffet se trouvait dans cet angle ; ce buffet où il avait eu l'ignominie de prendre cent francs : le cinquième du salaire mensuel de Monique ! En y pensant, il avait les joues en feu ! Fallait-il qu'il fût vil !

Là, était la table, sur laquelle on plaçait en permanence l'ardoise et le morceau de craie.

Il croyait entendre la voix de la grand-mère :

— « Un biscuit, Olivier ? »

Et celle de Monique, rentrant joyeuse de son travail.

— « Bonsoir !... »

Puis la phrase terrible :

— « Tu as fait de moi une fille, et de mon frère un voleur. Va-t'en... »

Oh ! Dieu... Dieu... murmura-t-il.

Comme il allait se retirer, il aperçut, accroché à une muraille, un calendrier de postes.

Le « *Monsieur Bistre* » : voilà tout ce que la jeune fille avait laissé dans la maison abandonnée.

Pour Olivier, le « *Monsieur Bistre* » était une vieille connaissance ! Ils s'en étaient tellement moqués, lui et Monique, qu'ils avaient fini par l'aimer, ce « *Monsieur Bistre* » !

Ils appelaient ainsi le personnage central d'une gravure naïve en deux tons : vert et bistre, qui occupait le milieu du calendrier, les mois étant harmonieusement rangés tout autour d'elle.

Il était vraiment beau, le « *Monsieur Bistre* », dans son costume de chasse bistre, trop neuf, sortant du magasin. Sous des arbres verts, au milieu d'une plaine verte et bistre, il épaulait un fusil vert qui ne demandait qu'à faire « pan ! pan ! ». Près de lui, un chien vert était en arrêt, queue en trompette, oreilles pointées, patte antérieure droite pliée. Le « Monsieur » avait un joli visage en celluloïd, intégralement dépourvu d'expression et visiblement incapable d'en avoir jamais une, quoi qu'il pût se produire dans la plaine verte et bistre.

Le chien et le « Monsieur » suivaient du regard quelque chose qui se déplaçait très loin, hors de la gravure, dans la partie du paysage qui n'était pas dessinée et que, par conséquent, on ne voyait pas, mais qui, à juger d'après le fusil, le chien, le costume, et surtout le titre de la gravure : EN CHASSE, ne pouvait être qu'un gibier. Un gibier vert et bistre, nécessairement !

Que Monique riait donc de bon cœur de ce dessin attendrissant à force de ridicule !

Olivier crut entendre tout près de lui sonner le rire heureux de la jeune fille. Il se mordit la lèvre jusqu'au sang, la tête lui tourna, sa vue se troubla et, à travers un nuage de cendre étincelante, il éprouva l'illusion de voir frémir lentement le feuillage des arbres du calendrier, le chien modifier lentement sa position, et le « *Monsieur Bistre* » épaulant toujours son fusil, se tourner lentement vers lui et le coucher en joue, avec une expression solennelle.

Puis un bruit de tic-tac retentit, très lent, dans la chambre vide...

Dans l'angle supérieur gauche du calendrier, un nom était écrit à l'encre rouge : MOUNIQUETTE.

C'était *elle,* qui l'avait tracé, au début de l'année.

D'une main tremblante, Olivier décrocha le calendrier, le glissa dans sa poche, et se sauva.

Dans le train, il choisit un compartiment vide, afin de pouvoir regarder le calendrier et se livrer sans gêne à son émotion. Il avait l'intention de cocher les étapes de son pauvre amour...

Le jour où il avait vu Monique pour la première fois ; le jour où il lui avait parlé pour la première fois ;

le jour du premier baiser; le dimanche du bois de pins; et, enfin, le jour de la fête du Pymangou.

Mais, lorsque ses yeux se posèrent sur le calendrier, il s'aperçut que la même pensée était venue à Monique. Ces heures de bonheur et de malheur, elle les avait soulignées d'un trait bleu.

Alors, le visage dans ses mains, il pleura.

*
**

Paluaud poursuivait son enquête sans enthousiasme. Myriakos n'était pas un cas intéressant, parce que ce n'était pas un personnage intéressant. Trois mobiles seulement étaient concevables : le vol, la vengeance, la crainte de révélations de l'antiquaire.

Les différentes pistes avaient conduit à des individus de milieux très divers mais qui, tous, eussent eu les meilleures raisons d'assassiner l'antiquaire, et peut-être même les meilleures excuses.

Mais chacune de ces pistes aboutissait à un alibi solide.

Restait le cas Minguet, — ce Minguet qui prétendait avoir dîné chez lui, le soir du crime et, en fait, avait dîné au restaurant.

Paluaud n'avait pu trouver aucune explication raisonnable à ce mensonge.

Et maintenant, un fait nouveau l'occupait.

Une lettre anonyme, d'une écriture contrefaite et sur papier d'une banalité à décourager toutes recherches. Elle avait été déposée dans un bureau de poste de la rue de Lourmel, c'est-à-dire dans les environs immédiats de l'impasse des Entrepreneurs.

« *Monsieur l'Inspecteur,* — y était-il dit, — *vous allez chercher bien loin ce qui est tout près. L'assassin de l'antiquaire, c'est le commis Minguet. Je l'ai vu sortir du magasin de son patron, le soir du crime, vers huit heures et demie, chose qu'il vous a cachée dans sa déposition, que j'ai lue dans le journal. Et il a menti aussi en disant qu'il avait dîné chez lui, ce jour-là. »*

« Je peux vous dire qu'il y avait fréquemment des querelles entre M. Myriakos et Minguet. M. Myriakos accusait son commis de le voler. C'était sûrement vrai, car Minguet avait des vices et, les vices, ça coûte ! Si vous voulez bien y réfléchir, je suis sûr que vous serez d'accord avec moi : un garçon qui a une vie solitaire, pas d'amie, ce n'est pas normal ; il a forcément des vices. Enfin, je n'ai pas la prétention de vous apprendre votre métier. »

En manière de conclusion, cette formule de politesse, assez extravagante en la circonstance :

« Veuillez, je vous prie, Monsieur l'Inspecteur, agréer l'expression de mes sentiments de respectueuse admiration. »

Point de signature.

Paluaud n'aimait pas les lettres anonymes. En outre, il flairait une mystification en celle-ci. Néanmoins, force lui était d'en tenir compte.

Il se rendit au restaurant du quartier Latin où Minguet avait dîné, le jour du meurtre. Il interrogea la caissière, la serveuse. Minguet avait bu beaucoup, mangé très peu. Ce n'était pas par économie, car il avait commandé nombre de plats, sans se soucier du prix. Il les avait fait remporter les uns après les autres, presque intacts.

— C'est très bon, mais j'ai l'estomac bouché, disait-il, comme pour s'excuser.

Et, un peu plus tard :

— Je ne suis pas dans mon assiette ! Ce doit être le foie.

De sorte qu'ayant pris très peu de nourriture, il avait néanmoins réglé une note assez élevée.

En bref, de l'avis de la serveuse, il était tourmenté, nerveux.

Le quartier Latin est à deux pas du Panthéon.

Paluaud décida de faire immédiatement une visite à Minguet.

Le commis, à ce moment-là, se livrait chez lui à des rangements méticuleux. Il avait fait son lit, balayé, lavé de la vaisselle. Il brûla de la correspondance, classa quelques livres sur des rayons de fortune, qu'il avait installés lui-même autrefois. Ces ouvrages, des romans d'aventures achetés d'occasion sur les quais, pour la plupart, n'avaient pratiquement aucune valeur marchande. Mais, pour Minguet, ils avaient une énorme valeur sentimentale.

Lorsqu'il les eut classés, il les considéra avec une expression de profonde mélancolie.

Il mit ensuite son chapeau, prit dans un tiroir un revolver et une paire de gants de femme, en chevreau : les gants de Lola qu'il avait volés, un jour. Il mit le tout dans sa poche et marcha vers la porte.

A l'instant de sortir, il se retourna et promena encore un regard sur toutes ces choses modestes qui constituaient ses seuls biens en ce monde. Un long regard caressant. Ce regard que l'on adresse à ce que l'on s'apprête à quitter pour bien longtemps, peut-être pour toujours...

Puis il descendit.

Au concierge, à qui il remit sa clé, il déclara qu'il partait se reposer à la campagne avant de chercher un nouvel emploi.

Il n'était pas sorti depuis plus de dix minutes lorsque Paluaud se présenta.

En l'absence du commis, l'inspecteur dut se borner à une rapide visite de la chambre.

Aux papiers brûlés, à l'ordre qui régnait, il reconnut les signes de la fuite qu'il avait pu déjà déduire aisément des propos que lui avait rapportés le concierge. Minguet n'était pas parti se reposer à la campagne ; il avait disparu, sans espoir de retour.

Lorsque Paluaud rentra à la P. J., ce fut pour y trouver un témoin, un menuisier de la rue des Entrepreneurs. Cet homme déclara que le jour du crime, vers huit heures et demie du soir, il avait vu Minguet sortir de l'impasse.

Il connaissait Minguet. L'heure, il se la rappelait pour la raison simple que, frappé de voir Minguet quitter si tard son travail, il lui avait parlé.

— Tu fais du rabiot, maintenant ? A ta place, je demanderais de l'augmentation à mon singe !

— Pourquoi n'avez-vous pas fait ces déclarations plus tôt, s'enquit soupçonneusement Paluaud.

Le menuisier sourit.

— Ça m'aurait été difficile ! Je suis rentré ce matin de Brive-la-Gaillarde, où j'avais été convoqué pour un petit héritage. Je n'ai appris l'assassinat du vieux Myriakos qu'aujourd'hui Je suis venu tout de suite !

— Je vous remercie.

Paluaud le pria de lire la lettre anonyme.

— Je ne connais pas cette écriture, dit l'homme en rendant le feuillet.

Paluaud l'observait avec acuité. Le menuisier se rembrunit.

— Dites donc... Vous ne me soupçonnez pas d'être l'auteur de cette saloperie ? fit-il. Parce que, moi, j'ai le courage de mes opinions, et je prends la responsabilité de mes déclarations ! La preuve, c'est que je suis ici !

— Je vous remercie, dit encore Paluaud.

Et il le congédia.

Demeuré seul, il se mit à songer à Minguet, tout en jouant avec une règle.

Minguet avait-il tué Myriakos ? Cela semblait probable. Trop de renseignements concordants... Ces mensonges, cette nervosité, cette disparition...

Et pourtant, un doute persistait dans son esprit.

Il se dressa.

Retrouver le commis, - c'était la première chose.

— Mais où diable va-t-on le dénicher, maintenant, l'animal ?

Il allait sonner un subordonné, quand on frappa à la porte.

— Entrez.

Un agent s'avança sur le seuil.

— Il y a ici quelqu'un qui demande à vous parler, monsieur l'inspecteur. Un nommé Gabriel Minguet.

Après avoir quitté son domicile, Minguet, tout doucement, avait descendu le boulevard Saint-Michel. Sur le quai, devant ces boîtes où, si souvent, il avait fouillé, il n'avait pu résister à la tentation. Il s'était de nouveau penché sur les bouquins poussiéreux.

Il avait trouvé un roman de Gustave Aymard qu'il n'avait pas lu. Il l'avait acheté, pour la somme de quatre francs. Il l'avait mis dans sa poche, et s'était éloigné, vers le pont Saint-Michel.

En passant près d'une bouche d'égout, il avait jeté les gants de Lola et le revolver, d'un mouvement précis pour lequel il n'avait eu ni à se courber ni à ralentir le pas. Personne n'avait remarqué le geste.

Après cela, Minguet poursuit sa marche, s'engage sur le pont, le franchit, puis prend à gauche.

Le voici devant les bâtiments de la Police Judiciaire.

Il y entre. Il demande à parler à Paluaud.

— Faites-le entrer, ordonna l'inspecteur, passablement intrigué.

— Je viens me livrer, déclara Minguet, avec simplicité. J'ai assassiné mon patron, M. Myriakos, l'antiquaire, pour le voler.

— Ah oui ? fit Paluaud, ébahi.

Minguet posa sur le bureau le roman de Gustave Aymard qu'il venait d'acheter.

— Excusez-moi, monsieur l'inspecteur. Je n'ai jamais été en prison, je ne connais pas les règlements. Croyez-vous que, par faveur spéciale, puisque je viens me livrer, on pourrait me permettre de garder ce roman ? Si on voulait bien me le laisser... Je serais très heureux... Je ne l'ai pas lu, et...

Il caressait avec une tendresse puérile la couverture violemment coloriée, où l'on voyait un personnage figurant Buffalo Bill capturant au lasso un Indien Comanche, au visage peinturluré et au chef empanaché de plumes, et qui montait, à cru, un mustang lancé au galop dans la Prairie.

— Je regrette, mais... je ne crois pas que ce soit possible ! Le règlement s'y oppose !

Ce fut là tout ce que trouva à répondre le policier interloqué.

⁂

Olivier buvait de plus en plus. Mais, si profonde que fût la torpeur dans laquelle il s'enfonçait, la venue du crépuscule la dissipait, car sa damnation exigeait qu'il fût lucide, pour revivre son crime, et souffrir.

Un soir, vers huit heures, il était dans un café du boulevard Sébastopol.

Il eut soudain un haut-le-corps.

Une fille venait d'entrer, en compagnie d'un adolescent d'aspect timide, aux yeux furtifs. Le couple s'installa non loin d'Olivier. Celui-ci ne cessait de considérer la fille. Son attention était si évidente qu'elle lui décocha un sourire, sans faire cas de son compagnon, lequel commençait à être gêné.

Il n'était pas nécessaire d'examiner la petite plus d'une seconde pour savoir qu'elle avait choisi l'état de fille galante, et elle pensait bien que là était la raison de l'intérêt d'Olivier.

En réalité, Olivier la dévisageait, avidemment, PARCE QU'ELLE RESSEMBLAIT A MONIQUE.

Confusément certes. Mais il y avait des traits communs, un « faux air ».

Un espoir fou germait en lui.

Qui sait ?... Peut-être la présence, auprès de lui, de cette fille *qui ressemblait à Monique,* pourrait-elle calmer ses angoisses, écarter le retour quotidien de l'épouvante ?

Il vint près du couple.

— Va-t'en, petit, dit-il à l'adolescent.

La voix était sans rudesse, mais ce calme était si lourd de menace que le jeune homme saisit immédiatement son chapeau, ses cigarettes et déguerpit.

— Eh bien ! Vous n'avez pas peur, vous ! fit la fille en s'esclaffant.

— « *Pas peur...* »

Il n'avait pas entendu. Son regard n'était qu'un interrogatoire pathétique.

— « Je ne me trompe pas. Elle *lui* ressemble. »

Il s'assit.

— Comment t'appelles-tu ?

— Mienne. Mon vrai nom, c'est Hélène. Mais je me fais appeler Mienne : ça plaît aux copains. Ils lancent des blagues : — « Tu es mienne... Du moment que c'est la tienne, ce n'est pas la mienne... » Ça les amuse ; il leur en faut peu !

Un moment après, ils étaient dans une chambre d'hôtel, au sixième étage. Il y avait, naturellement, une armoire à glace. Olivier s'y contempla, en clignant les yeux. Il cherchait sa « tête de mort ».

— Alors, lapin ? On se trouve beau ?

Il la prit aux épaules, la mena à la fenêtre, qu'il ouvrit. Il apporta l'unique chaise, et tira le lit, pour s'asseoir, lui aussi.

— On va bavarder.

— Je veux bien ! Au fait, tu ne m'as pas dit ton petit nom ?

— André.

— C'est gentil. Qu'est-ce que tu fais, dans la vie ?

Il faillit répondre : « J'ai peur. » Il dit :

— Je suis dans la Librairie.

— On fait ce qu'on peut. Tu as l'air fatigué ! C'est tes bouquins qui...

— J'ai des ennuis.

— Ça se sent ! Tu sais, plaie d'argent n'est pas mortelle ! Moi aussi, des fois, je m'en vois ! Faut s'accrocher !

Elle l'examinait à la dérobée Costume fatigué, plus de plis au pantalon, des boutons prêts à s'offrir des vacances. Et ces traits tirés...

Elle sut qu'il mentait, qu'il n'avait jamais « été dans la librairie ». « Il se laisse glisser. »

— Tu devrais... (Elle hésita.) Excuse-moi si je te dis ça !

— Je devrais ?

— Tu devrais te raser. Il y a bien quatre jours, hein, que tu ne t'es pas rasé. C'est un tort ! Ça retape, un coup qu'on est bien rasé !

Elle égrena un rire de deux sous.

— Ce que j'en dis, c'est parce qu'on me l'a dit. Parce que moi, forcément... Je ne suis pas la femme à barbe !

Elle passa ses doigts sur sa joue lisse. Puis sur la joue piquante d'Olivier.

— Gros hérisson !

Gentille...

Un oiseau. Un oiseau pour cage pauvre, pour square pauvre, avec des refrains pauvres. Un oiseau qui n'aurait jamais vu de *vrais* arbres, les arbres luxueux de la campagne.

Mais bon cœur.

Si dénuée... et, pourtant, charitable !

— « Il a de la peine. Si je pouvais le remonter un peu... »

— Tu as de beaux yeux, dit-elle. Tu admires le paysage ? Il est moche !

Des toits, des toits, des toits. Et, tout au fond, Notre-Dame.

Olivier scrutait le ciel, avec des prunelles de guetteur. Il épiait la tombée de la nuit. Sa torture recommencerait-elle ?

Il s'efforçait de paraître naturel, paisible. Ne pas inquiéter cette petite, *ne pas compromettre l'expérience, ne pas effaroucher le miracle...*

— Raconte-moi ta vie. Quand tu étais gamine... Tu as bien des souvenirs d'enfance ?

Elle songea : — « C'est un chagrin d'amour ! »

— File-moi une cigarette, dit-elle. Mais méfie-toi ! Je suis bavarde ! Quand je suis lancée, moi... Alors, voilà : je suis née 28, rue Boinod, dans le dix-huitième. Maman est morte une semaine après l'accouchement...

Elle avait posé une main sur la cuisse d'Olivier. Il souleva cette main, la caressa, et la remit sur la jupe de Mienne.

Elle bavardait. Il l'examinait, cherchait la « ressemblance ».

Cela dura assez longtemps.

Puis Mienne se pencha à la fenêtre. Il flottait comme une fumée, un tulle bleuté ; le ciel s'embuait, prenait des teintes adoucies de pastel. L'horizon se rapprochait.

— Tiens ! La nuit, dit-elle.

— Oui, la nuit, répéta-t-il, d'une voix altérée.

Déjà cette impatience irritée, ce besoin de fuite...

A son front, la sueur perlait.

Et soudain, quelqu'un ayant ouvert une porte sur le palier, éclata le carillon qu'Olivier était seul à entendre. Il se dressa. Maintenant, le tic-tac... Les coups de la pendulette Empire...

L'expérience n'avait pas réussi. Elle *ne pouvait pas* réussir.

Aucune expérience ne pouvait réussir.

Rageusement, il attira la fille au centre de la pièce, sous l'ampoule ; il tourna le commutateur.

— Ne bouge pas.

Elle devina qu'il cherchait une ressemblance avec quelqu'une qu'il avait chérie, et perdue...

— Je te plais ? Les copains disent que je ressemble à Marlène Dietrich. Ils charrient !

Il l'étudiait de face, de profil, de trois quarts, de dos, en silhouette.

Dans une espèce de cri enroué, il lança :

— Tu ne *lui* ressembles pas !

— A Marlène ? dit-elle avec une fausse naïveté.

L'aventure commençait à l'ennuyer, et même à l'inquiéter.

— « Je veux bien être bonne fille, mais... Comment ça va finir ? » se demandait-elle.

Olivier lui donna un billet de cent francs, et s'en alla, comme un homme ivre.

— « Il est drôlement mordu ! » songea-t-elle.

Elle attira la chaise devant l'armoire à glace, remonta sa jupe, croisa très haut la jambe gauche sur la jambe droite, puis la droite sur la gauche. Ses mollets, ses genoux étaient beaux, c'étaient ses plus sûres armes.

Elle descendit, légère, et se mit à arpenter le trottoir, à pas menus.

Olivier marchait à enjambées rapides, vers la Seine. C'était un soir très calme. Pas un souffle. Nulle feuille nc frémissait.

Mais pour Olivier, c'était comme si une bourrasque l'eût chassé.

Il passa le Châtelet, traversa le fleuve, remonta le boulevard Saint-Michel, l'avenue d'Orléans.

Il sortit de Paris par la porte d'Orléans, aborda, dans Montrouge, l'avenue Aristide-Briand.

Puis ce fut la route.

Bagneux. Pont-Royal. Bourg-la-Reine. La Croix-de-Berny. Antony.

Il se hâtait comme cherchant à mettre, dans le minimum de temps, le maximum d'espace entre lui-même et ces fantômes sordides : Lola, Bébé-Fakir, et surtout entre lui-même et le lugubre magasin d'antiquités de l'impasse des Entrepreneurs.

Mais deux compagnons le suivaient, qu'il ne pouvait être question de distancer :

La Peur et la Solitude.

II

LA MAISON QUE J'AI REBÂTIE...

Dans les aveux du commis Minguet s'accusant du meurtre de Myriakos, Paluaud, dès le premier nstant, avait senti des « coupures », des réticences il flairait le mensonge, une manœuvre compliquée Les nombreuses conversations qu'il avait eues avec le commis n'avaient fait que fortifier ce soupçon.

Ou bien Minguet était coupable, mais il ne disait pas tout.

Ou bien il était innocent du meurtre En ce cas, il couvrait le véritable criminel. Pourquoi ? Et qui était ce criminel ?

Telles étaient les questions que se posait l'inspecteur chaque fois qu'il pénétrait dans son bureau, sur la table duquel reposait le roman d'aventures dont la couverture en couleurs figurait Buffalo Bill capturant en pleine course dans la Prairie un Indien Comanche, chasseur de chevelures.

Si forte était la conviction du policier qu'il avait demandé que la Presse ne fût pas informée des aveux de Minguet et, mieux encore, que l'affaire ne fût pas instruite immédiatement mais provisoirement laissée en sommeil afin de lui permettre de poursuivre ses investigations.

Il avait fallu son insistance pour obtenir d'aussi exceptionnelles dérogations à toutes les règles.

Or, du temps s'était écoulé.

Un jour, le Chef du Service des Recherches Criminelles convoqua Paluaud et, sans ambages, déclara que cette situation insolite ne pouvait se prolonger.

— Voyons, Paluaud. Parlons net ! Nous tenons l'assassin. Il est venu se constituer prisonnier et il a avoué. Que demandez-vous de mieux ? Quelle mine ferons-nous lorsque nous rendrons publics ces aveux et que nous devrons reconnaître que nous détenons l'assassin depuis des semaines ? Ou des mois ? Car, entre nous, au train où vont les choses, il n'y a pas de raison pour que cela finisse !

— Et si, aux Assises, la preuve est donnée que cet homme n'est pas coupable, et nous a roulés, quelle mine ferons-nous, Chef ?

— Mais il l'est, coupable, sacrebleu ! Ou alors, dites-moi qu'il est fou !

— Il n'est pas fou ! Et il n'est pas coupable !

— Jusqu'à présent, vous n'aviez que des doutes ? Vous affirmez à présent ?

— J'affirme !

— Il faudrait prouver !

— Et je prouve !

Paluaud tendait à son chef la lettre anonyme accusant Minguet du meurtre de Myriakos.

— Eh bien ? demanda l'autre.

— J'ai soumis ce document à des graphologues éminents. Je leur ai soumis également d'autres documents, rédigés par Minguet et découverts chez ce dernier. Leur conclusion est formelle : la lettre anonyme accusant Minguet... a été écrite par Minguet lui-même !

— Que me chantez-vous là ?

— La stricte vérité !

— Enfin, pourquoi Minguet aurait-il...

— C'est précisément ce que je désire savoir ! Minguet, pour des raisons que j'ignore encore, tenait à se faire passer pour l'assassin de l'antiquaire. C'est à dessein qu'il a rôdé aux abords de l'impasse des Entrepreneurs, vers huit heures trente, le soir du crime. Il s'est arrangé de façon à se faire remarquer. C'est à dessein, encore, qu'il a menti en prétendant avoir dîné chez lui alors que, contrairement à ses habitudes, il avait dîné en ville. Il espérait bien que la fausseté de sa déclaration serait démontrée, ce qui eut lieu effectivement. Ainsi, il attirait les soupçons sur lui. Il espérait être arrêté. Cette arrestation tardant trop à son gré, il nous adresse une lettre anonyme où il s'accuse : façon de mettre les points sur les I... Et il attend. En vain ! La Police semble s'entêter à ne pas se soucier de lui ! Alors, il emploie les grands moyens ! Il prend le parti, évidemment radical, de se livrer !

— Par exemple !... Par exemple !... répétait le Chef.

— Si tout cela est exact, — et c'est exact, nous nous trouvons en présence d'une machination très bizarre. Qu'y a-t-il entre Minguet et l'assassin ? Quel lien ? Lorsque nous connaîtrons ce lien, Chef, nous ne serons pas éloignés de connaître le vrai coupable. J'estime que la meilleure tactique, pour y parvenir, c'est de continuer à garder le silence. Ce silence ne peut que dérouter l'assassin. Il doit se demander pourquoi le plan convenu n'a pas été exécuté, ce qu'est devenu Minguet, et si Minguet l'a trahi. Cela peut l'amener à commettre une imprudence... Bref : un traquenard nous a été tendu. Je voudrais retourner la situation, et faire tomber le meurtrier dans son propre panneau.

Le Chef du Service des Recherches Criminelles se gratta la tête, relut la lettre anonyme, prit l'ouvrage de Gustave Aymard et regarda avec une expression absente l'image de Buffalo Bill capturant un Indien Comanche, puis il conclut :

— Ça va, Paluaud. Vous avez carte blanche. Mais tâchez d'activer, hein, parce que, tout de même, je ne suis pas le Président de la République, moi ; j'ai des supérieurs !...

Il sortit.

Paluaud prit l'ouvrage d'Aymard, et l'ouvrit au hasard. Il lut quelques lignes :

« *Chapitre VII. Les Pirates de la Prairie.*

« *Le cri de la hulotte bleue ayant retenti trois fois, Buffalo Bill sut que les hommes de Fort-Mountain s'étaient mis en marche. Dans deux heures, ils seraient là...* »

« *Quelque chose ayant imperceptiblement bougé derrière un buisson, Wild Bill, l'Homme de Laramie, leva sa carabine et épaula.* »

« *Le Capitaine Cody s'était tourné vers la Cordillère des Andes, dont les puissants contreforts...* »

— Sacré Minguet ! murmura Paluaud en souriant. C'est un vrai gosse ! Et ce petit-là voudrait me faire croire qu'il a tué un homme !...

Il referma le bouquin.

***

Olivier, solitaire au bord d'un fossé herbu, mâchait un quignon de pain. Une musette pendait à son côté.

Il leva les yeux vers le ciel où des masses violacées glissaient, bord à bord, telles des escadres fantastiques.

— Ça va faire du bruit dans une minute ! Septembre commence mal.

La déflagration fut si formidable que, bien qu'il l'eût prévue, il rentra le cou dans les épaules, nerveusement.

Un éclair avait jailli du flanc d'un nuage boursouflé, distendu le firmament, sembla se déchirer, il y eut au-dessus de la campagne un roulement fantastique, et ce furent les cataractes.

Olivier n'eut que le temps de se jeter dans une cabane de cantonniers située au bord de la route. Moins de cent pas l'en séparaient, mais il était ruisselant lorsqu'il y parvint. Du revers de sa manche, il s'essuya le visage.

Il pouvait voir dans un pâturage, un troupeau de brebis fuir en tous sens dans un tintinnabulement affolé de clochettes. Puis il aperçut le berger, un gamin d'un dizaine d'années. Un sac sur la tête, il détalait.

— Petit crétin, grommela Olivier. Je parie qu'il va...

Le gamin galopait vers un boqueteau de chênes tout proche, et, naturellement, ce fut sous le plus grand arbre qu'il s'abrita.

— On ne lui a donc pas appris, à l'école, qu'en temps d'orage, il ne faut pas se mettre sous les... Oh, bon Dieu ! Ça y est !...

Un éclair sinueux, pareil à un lasso flamboyant, venait de frapper le grand chêne, à peu près à mi-hauteur. Des branches se détachaient avec fracas et le gamin, griffé, giflé, était précipité au sol.

Jamais Olivier n'avait couru aussi vite ! Peut-être l'enfant avait-il déjà cessé de vivre, mais même s'il respirait encore, il ne restait à peu près aucune chance de le sauver : une mort tonnante le surplombait. La tête du chêne foudroyé oscillait, penchait, allait s'abattre. Olivier, frénétiquement, arracha, écarta, rejeta des branchages, avec des gestes de cauchemar. Au-dessus de lui retentissaient des explosions aussi violentes que des coups de canon.

— « Je n'aurai pas le temps... Pas le temps... » se désespérait Olivier. Sa propre vie était aussi menacée que celle de l'enfant, mais il ne s'en souciait pas. Sauver ce mioche au visage jaune comme un coing et aux jambes grêles comme des pattes de sauterelle !

Le chêne résistait, tel un lutteur gigantesque, avec ses nœuds pareils à des biceps monstrueux. Sa chair vive lui était arrachée par lambeaux immenses. Il succomba enfin, dans un grondement qui semblait une réponse au tonnerre. Olivier fournit un effort de tout l'être, saisit, attira l'enfant. Ils furent soulevés et rejetés, dans un sifflement tempêtueux, un ronflement de cyclone ; la terre vibra, et Olivier se retrouva étendu parmi un enchevêtrement de branches, enseveli dans des feuillages. Il éprouvait une brûlure lancinante à la tête, la joue droite et l'épaule droite ; il y porta une main, qu'il ramena ensanglantée. Son veston avait été à demi arraché, la manche pendait. En titubant, il emporta l'enfant dans la cabane de cantonniers.

Sur le visage du petit, du sang coulait d'une plaie au front. Olivier étancha ce sang, puis déboutonna le col de la chemisette de toile écrue. Après cela, il ne sut plus que faire.

— « Les blessures à la tête, se disait-il stupidement, c'est tout ou rien : on meurt de suite, ou ça passe comme une migraine ! C'est égal : arriver dans ce pays juste pour... Quelle histoire !... »

Un mois déjà qu'il avait pris la route !

Depuis, que de chemin parcouru, — à tous points de vue !

Il s'était enfoncé loin dans les clairs paysages de France, — mais loin, aussi, au long des sentes obscures et profondes de la douleur. Il en avait « vu » du « pays !... » Et ce n'était pas fini !

Il payait.

Il faut payer, un jour ou l'autre, d'une manière ou d'une autre. Régler jusqu'au dernier sou.

Depuis Paris, il avait fait cinq cents kilomètres.

Ce « Compagnonnage de Malheur » ne le conduisait nulle part. Aux carrefours, il lisait des noms sur les poteaux indicateurs : Chamblais, 3 km., L'Emblavette, 2 km 500, Meurdeaux, 7 km. Quelle route choisir ? — puisqu'il n'allait nulle part.

Il consultait le vent ; il se laissait guider par le vent.

Il dormait à la belle étoile, gagnait son pain grâce aux coups de main qu'il donnait ici et là, quand on voulait les accepter, ce qui n'était pas si fréquent !

Son costume effrangé disait son dénuement ; ses traits creusés marquaient sa lassitude, et qu'il ne mangeait pas souvent à sa faim : il y avait eu des semaines plutôt longues !

Du moins, dans son regard, une lueur nouvelle... C'était le regard d'un homme libéré...

Libéré d'un passé misérable, de comparses abjects. Lola Gracieuse, Bébé-Fakir... Il avait connu « ça » !... Pu vivre avec « ça » ! Pu supporter « ça » !... Il considérait avec pitié ses mains : il avait été le « cambrioleur aux doigts de fée » !...

Il se faisait l'effet d'avoir changé de planète.

Changé de planète ?

Pas si vite !...

Et quand bien même il l'eût fait ? Sa compagne fidèle : la peur, ne l'aurait pas quitté pour si peu. Elle était toujours là. Avec la nuit, elle montait des haies, des vignobles, des herbages ; elle descendait des feuillages, des nuages. Elle se coulait près de lui dans les meules de paille. Jusqu'à l'aube, elle lui parlait, très bas, à l'oreille. Et ce qu'elle disait était si horrible qu'il avait envie de crier...

Sur le calendrier trouvé dans la maison de Monique, il avait étudié, chaque jour, le tableau des levers et des couchers de soleil :

« 15 *Juillet : lever* 4 *h* 5. *Coucher :* 19 *h* 48 ». Journée plus courte de deux minutes que la précédente. La peur commencerait une minute plus tôt, cesserait une minute plus tard.

« 1er *Août : lever :* 4 *h* 25. *Coucher :* 19 *h* 28. » Quarante minutes de clarté en moins, sur le 15 juillet. Encore quarante minutes de gagnées pour la peur.

« 31 *Août : lever :* 5 *h* 7. Coucher : 18 *h* 34. » La clarté perdait toujours du terrain, Olivier aurait à souffrir, en plus, quatre-vingt-seize minutes, une heure et demie de plus qu'au premier août.

Ainsi, il se livrait à une manière de comptabilité en partie céleste, en partie infernale. Il établissait un lien entre l'évolution de son mal et la révolution des astres, entre le glissement de la lune et le cheminement de sa peine ; son tourment tournait avec le soleil.

Septembre : une heure et demie de lumière perdue... Octobre réduisait encore de deux heures le répit d'Olivier. Novembre : deux autres heures. Mais décembre : moins d'une demi-heure. Et à la mi-février, les jours recommenceraient à s'allonger.

Reverrait-il jamais Monique ? Dans la liste des dates portées sur le calendrier, en était-il une qui marquât cette rencontre ?

Olivier n'espérait rien.

Il s'avança sur le seuil de la cabane de cantonniers.

Déjà, le tonnerre perdait sa voix. Orages d'été, leur brièveté semble la rançon de leur violence ; ils tombent comme épuisés par l'excès même de leur vigueur.

La pluie, sur la plaine, fuyait en oblique, s'amenuisait.

Un arc-en-ciel s'élançait d'un horizon, retombait gracieusement sur l'autre, joignait deux bois : un de châtaigniers, un de sapins ; deux mamelons : l'un couvert de blés, l'autre de vignes ; deux départements : la Charente et la Dordogne.

La lumière remettait tout à neuf, passait ses brosses, ses éponges sur les vitres du ciel ; les vitres du ciel flambaient.

Olivier aperçut des bâtiments à trois cents mètres. Il souleva l'enfant et, à travers champs, l'emporta.

La tête ensanglantée ballottait sur son coude.

— « Pourvu qu'il s'en sorte ! S'il allait me faire la blague de mourir dans mes bras... »

Mourir...

Il revit la face écrasée de Myriakos.

— « C'est bizarre, pensa-t-il ; j'ai l'impression que ça s'atténue... »

C'était à sa terreur de l'idée de mort qu'il songeait. Depuis trois jours, les accès semblaient se faire moins violents, — un peu comme s'il eût pénétré dans un paysage bénéfique.

— Hé l'homme!... Mais c'est le petit Albéric! Qu'est-ce qu'il a, le gamin?

Trois individus en sabots accouraient de la ferme. Des types à peau tannée, à grandes moustaches, manches de chemise roulées au-dessus des coudes.

Il leur remit l'enfant; ils le couchèrent sur l'herbe mouillée. L'un d'eux fila à la ferme et revint avec une fiole de vinaigre et une serviette. Un quatrième personnage l'accompagnait.

Ils humectèrent le front, les tempes du gamin.

— « Pourvu qu'il vive » se répétait Olivier, agenouillé près de l'enfant.

— Alors, c'est arrivé dans le pré, là-bas, vous dites?

Ils discutèrent au sujet du chêne sur lequel la foudre s'était abattue. Lequel ça pouvait-il bien être?

— Le grand vieux, en bordure du champ Taupin, c'est sûrement lui! (Ils en parlaient comme d'une personne.) Quel malheur!

Ce qui ne les empêchait pas de s'occuper du gamin. Ils procédaient rudement.

— Mais, dites, l'homme, vous en avez pris un coup, vous aussi, en le tirant de là. Vous êtes plein de sang.

— J'ai été accroché, quand le chêne est tombé.

Une main se posa sur son épaule, une voix dit :

— Merci. Sans vous, le petit était perdu.

C'était le quatrième personnage, le nouveau venu.

— Oh, dit Olivier, la tête baissée et les yeux sur l'enfant, n'importe qui en aurait fait autant.

L'autre répéta :

— Merci beaucoup. Beaucoup.

Il ajouta :

— Vous allez venir à la maison, vous faire panser. Et vous reposer. Vous avez une belle éraflure à l'épaule. Vous avez dû perdre pas mal de sang.

Olivier le regarda, et devint livide.

Gilbert Lafont!... Le nouveau venu, c'était Gilbert!

Il baissa le front : « — Pourvu qu'il ne m'ait pas reconnu! »

Il ruminait son effarement.

— « Cinq cents kilomètres à pied, en suivant le vent ! Un mois de trimard. Tout ça pour arriver dans cette région juste sur cette route, exactement au début de l'orage, et sauver le môme ! Une minute d'avance ou de retard : c'était manqué. Et il se trouve que le gamin habite cette ferme ! Et qui est le patron de la ferme ? Gilbert !... Franchement s'il n'y a pas un Bon Dieu, c'est à se briser le crâne contre les murs ! »

Le petit gémit :

— Vous me faites mal !

Ce cri bouleversa Olivier. L'enfant vivrait ! Olivier avait joué un fameux tour à la mort !

Il grimaça : la douleur, dans son épaule...

— Vous me faites mal, cria de nouveau le petit. Laissez-moi.

Ils s'esclaffèrent.

Il gueule parce qu'on le frictionne ! L'enterrement ne sera pas encore pour ce coup-ci !

— Emportez-le : les femmes le coucheront, ordonna Gilbert.

Olivier demeura seul, avec lui.

— Je t'ai reconnu tout de suite, dit Gilbert ; mais je n'arrivais pas à admettre...

— Eh bien, oui. C'est moi.

— Qu'es-tu venu faire ici ?

Olivier devint subitement rouge de colère.

— Ah non, hein ! Il ne faudrait pas te tromper ! Je te prierai de remarquer que je ne suis pas « venu », comme tu dis. C'est la faute de l'orage, et de l'accident du gamin. Je ne commande pas à la foudre, moi ! Je n'ai pas le moyen de m'offrir des éclairs comme domestiques !

— Je te demande pardon.

Olivier s'assombrit.

— Tu n'as pas à me demander pardon. Le passé n'a pas été reluisant, c'est normal que tu te méfies, et que tu te demandes ce qui m'a amené. Si je te dis que c'est le hasard, tu penseras que je me moque de toi. Tout le monde le penserait. Et pourtant...

Il se tut, puis, avec une expression singulière :

— Gilbert, crois-tu en Dieu ?

— Je ne sais pas ! dit l'autre, surpris. C'est sûr qu'il y a « des choses »...

— En tout cas, rassure-toi. Je ne suis pas un revenant qui s'obstine ; je n'ai pas d'intentions. Je suis un passant ; je passe ; je disparais. Je ne demande rien. Tout au plus, je te demande d'oublier l'histoire du Pymangou, si tu peux. Enfin... de ne plus trop m'en vouloir...

Il s'éloigna précipitamment. Gilbert courut pour le rattraper.

— Je te crois, Olivier. Et pour ce qui est d'oublier — tu penses — après ce que tu viens de faire !... Ce petit Albéric, ce n'est qu'un enfant de l'Assistance, mais je l'aime autant que si... que si...

Il arracha un brin d'herbe et le mâchonna.

— Moi aussi, j'ai changé.

— Je vois.

— La guitare, les bateaux, Tahiti : c'est loin ! Ce que je pouvais être exalté, dans ce temps-là. Maintenant, je travaille.

Il prononça le mot avec simplicité, sans rien de faraud.

Pourtant ce fut comme s'il avait dit :

— Je suis heureux.

Il tendit les bras vers les bâtiments.

Je dirige l'exploitation. Le père Tourette m'a procuré le poste. L'agriculture, c'est intéressant. J'achèterai de la terre, si jamais j'ai quatre sous. J'emploie six journaliers. C'est-à-dire : je n'en ai plus que cinq, pour l'instant : le sixième vient de prendre un emploi dans les chemins de fer ! Les chemins de fer ! Quel animal, crois-tu ?

Autrefois, quand il pensait aux chemins de fer,

c'était presque avec des larmes ! « Les rapides... Partir... L'Aventure... »

Sa blessure à l'épaule brûlait toujours Olivier. Mais cette souffrance n'était rien, auprès d'une autre brûlure, qui tournait dans sa tête et dans sa poitrine : un besoin insensé de formuler une question, de prononcer *un nom.* Olivier savait *qu'il n'avait pas le droit de prononcer ce nom.*

— Et toi, Olivier, qu'est-ce que tu...

— Oh moi...

— Tu n'as pas l'air heureux.

— C'est mon costume qui ?...

— Mais non ! Le visage...

— Bah ! Un coup de rasoir, et...

— Mais non ! L'expression du visage.

— Ah ?

— Tu as un bon regard.

— Peut-être. (Il sourit.) Oui, je crois.

— Est-ce que je peux t'aider ? Je pourrais te passer un peu de...

— D'argent ? Ah non ! Surtout pas ça ! Si tu n'étais pas Gilbert, je te dirais : tu as un moyen de m'aider. Mais ce n'est pas possible.

— Dis toujours ?

— Me faire obtenir du travail. Je parle sérieusement. Seulement, tu es Gilbert, et moi Olivier ! Adieu, vieux. Bon courage !

— Ecoute. Puisqu'on a décidé que le passé n'existait plus ! Pour du travail, tu n'as pas à aller loin ! J'en ai moi, à te donner ; viens à la ferme, tu remplaceras l'animal qui m'a plaqué pour les chemins de fer ! Ah, dame, journalier : c'est tout ce que j'ai à t'offrir. Mais, tu sais, d'être le patron, ça ne m'économise pas un coup de pioche ; j'en fais autant que les journaliers.

Entre deux tilleuls, il montra, à quarante mètres, une maison basse au front de laquelle s'accrochait une treille.

— Tu vois, cette bicoque ? C'est moi qui l'ai rebâtie.

Elle ne tenait que par la peinture ! Maintenant, on peut s'appuyer aux murs. Et si tu avais vu le toit... Il pleuvait dans les lits ! A présent, la pluie couche dehors !

Sous le crâne d'Olivier il s'éleva, mêlée à un battement assourdi de cloches, une voix venue de sa petite enfance, et qui chantonnait : « Frère Jacques, frère Jacques » tandis que deux serpents de feu, plus vifs que ceux de l'orage, et cependant d'une lenteur infinie, sinuaient interminablement sur le globe de ses prunelles.

Au pied de la maison que Gilbert avait rebâtie, une jeune fille venait d'apparaître. Elle regardait avec curiosité du côté des deux hommes.

Gilbert cria :

— Ho, Monique ! Il faudra mettre un couvert de plus ; nous avons un nouveau journalier.

Il se retourna, et voulut soutenir Olivier : trop tard. Celui-ci s'affaissait sur l'herbe !

— Ça va se passer ! C'est le sang que tu as perdu ! bafouilla Gilbert. C'est ton épaule.

— Oui, c'est mon épaule, murmura Olivier, et il perdit connaissance.

***

Lever tôt. Casse-croûte. Café. Travail jusqu'à midi. Déjeuner. Café. Travail jusqu'à quatre heures. Collation. Travail jusqu'à la nuit. Souper. Et au lit.

« *Ho, Monique ! Il faudra mettre un couvert de plus ; nous avons un nouveau journalier.* »

C'était cela ; un journalier de plus à la ferme. Deux bras de plus. Un couvert de plus.

Rien de plus.

Les repas se prenaient à une longue table de chêne, sans nappe. Cinq journaliers, le gamin Albéric, Gilbert, Olivier, deux vieilles servantes, et Monique : onze en tout.

Gilbert à un bout, Monique à l'autre. Olivier mangeait à côté d'Albéric qui lui allongeait gaiement des coups de pied dans les jambes, car il l'avait pris en affection. Non parce qu'il l'avait sauvé ! Pour des tas de raisons beaucoup plus importantes. Par exemple parce qu'il lui apprenait à faire, avec les mains, les ombres chinoises sur les murs. En échange, Albéric donnait à Olivier des leçons de patois charentais.

La blessure du gamin avait guéri très vite. « Ces plaies à la tête, c'est tout ou rien. » Cela n'avait rien été. La blessure d'Olivier, non plus, n'avait pas eu de conséquences.

Monique se levait pour desservir, apporter des plats.

— Merci.

On se servait. Puis on passait au voisin.

Monique remplaçait les bouteilles vides.

— Merci.

Monique servait le café, dans les verres à grosses côtes où l'on avait bu le vin rouge.

Ce moment du café, comme il l'attendait, Olivier ! Il ne vivait que pour cela, il en rêvait.

C'est que lorsque la jeune fille se penchait pour verser le café, il arrivait que son bras effleurât l'épaule d'Olivier. Cela ne se produisait pas chaque jour, c'eût été trop merveilleux. Mais cela arrivait. Et il y avait le souffle de Monique, cette douce respiration, sur sa nuque.

Elle ! Si près de lui ! Vivante...

— Merci, disait Olivier.

Monique passait le petit Albéric, qui n'avait pas droit au café ; elle servait un autre journalier.

Les couteaux claquaient. On retournait au travail. Albéric montrait des haricots :

— Ça, c'est des *mongettes.* C'est pour nous manger. Tu aimes les *mongettes,* Olivier ?

Le petit trimbalait un panier qu'il garnissait de plantes sauvages.

— C'est des *rabaneaux*. C'est du manger pour les lapins.

— Et les lapins, c'est pour nous manger ! faisait en riant Olivier. Et toi, qui est-ce qui te mangera ?

On revenait du travail. Le gamin trottait sur les talons d'Olivier, lui fourrait des noisettes dans ses poches.

— Des *nousilles*. C'est pour toi manger.

On rentrait dans la maison couronnée d'une treille, « la maison que Gilbert avait rebâtie ».

— Bonsoir.

— Bonsoir, faisait Monique.

Et le matin :

— Bonjour.

— Bonjour, faisait Monique.

Rien de plus.

Les choses *ne pouvaient pas* aller autrement. C'était la seule manière pour que cela pût continuer. Olivier l'avait senti dès le premier instant, lorsqu'il était sorti de son évanouissement.

— Il ne faut pas qu'Olivier reste ici.

Gilbert s'était mépris.

— Je vois ce que tu veux dire, mais il n'est plus comme avant ; il marchera droit, maintenant. Il veut travailler. On n'a pas le droit de lui refuser sa chance. Si le Directeur du Pymangou me l'avait refusée, à moi, où est-ce que je serais ? Au bagne, peut-être !

— Ce n'est pas cela. Je te dis qu'il ne faut pas.

— Pourquoi ? Tu n'as pas peur qu'il me tourne la tête, non ? L'Océanie — c'est classé ! Il n'y a plus d'Océanie !

— Ce n'est pas cela !

— Alors, quoi ? Qu'est-ce que tu as contre lui ? Puisque *moi* je ne lui en veux plus !... Voyons, Mouniquette, ne sois pas comme ça ! En sauvant Albéric, il a fait quelque chose de très bien. Il pouvait y laisser sa peau !

Elle était à la torture ! Gilbert ne comprenait rien,

ne soupçonnait rien ! A l'époque de Sainte-Mesme, il n'avait évidemment pas été sans remarquer les rencontres fréquentes de sa sœur et d'Olivier ; il se contentait de hausser les épaules et de railler : « *Parlez-moi d'amour, redites-moi des choses tendres !...* » Enfin, si ça les amuse ! Forcément ! Ses amours à lui étaient dans le Pacifique !

Brave et naïf Gilbert ! Monique ne pouvait cependant pas lui crier :

« Mais nous nous sommes aimés ! Aimés... Et, *après*, j'ai voulu mourir. C'est uniquement à cause de toi que je ne me suis pas tuée, parce que tu avais besoin de moi ! Et je l'aime toujours ! Autant qu'avant ! Plus qu'avant ! Et rien n'est possible ! Alors... Le voir, l'entendre, chaque jour, c'est au-dessus de mes forces. Qu'il s'en aille ! Qu'il s'en aille... »

Gilbert insistait :

— Si nous ne le gardions pas, où irait-il ? Il faut tout de même qu'il mange ! Ce que tu peux être mauvaise !

— Bien. Qu'il reste !

De cet instant dataient les « bonjour », « bonsoir », « merci ».

Un journalier de plus à la ferme...

A présent, Olivier comprenait tout.

Ce n'était pas le hasard qui l'avait forcé à quitter Paris *spécialement* par la porte d'Orléans, poussé, jour après jour, vers les plaines charentaises et conduit, à la seconde exacte, au boqueteau de chênes.

Ce n'était pas le hasard qui avait lancé la foudre contre le chêne.

Il n'y a pas de hasard.

Olivier avait été guidé par une force mystérieuse, afin qu'il souffrît, à la fois, moins et davantage.

Davantage, d'être auprès de Monique et de la sentir si éloignée.

Moins, car la présence de Monique avait dissipé l'obsession. Lorsque s'allongeaient les ombres du crépuscule, Olivier n'éprouvait presque plus d'angoisse. Et quand, le travail fini, il rentrait des champs, l'oppression se faisait plus légère, pas après pas. C'était véritablement une question de distance, d'espace entre lui et Monique. C'était très extraordinaire et troublant.

La ferme comprenait quantité de bâtiments : écuries, granges, parcs à volailles, resserres, et plusieurs maisons d'habitation. Olivier en occupait seul, une très petite : deux pièces et un grenier posé dessus. Il faisait lui-même son ménage.

A la tête du lit, il avait piqué le calendrier au « Monsieur Bistre ». Il avait souligné une date : « 2 septembre, fête de saint Lazare ». C'était le jour où il avait sauvé Albéric. Le jour où lui-même était revenu à la vie.

Un après-midi, Monique, passant près de la maisonnette, jeta malgré elle un regard par la fenêtre ouverte : elle reconnut le « Monsieur Bistre », porta une main à sa poitrine et rentra vite dans la maison ceinte d'une treille. Sur le seuil, une autre émotion l'attendait.

On sifflotait dans la cuisine. Ce sifflotement, comme elle le connaissait bien ! C'était ce petit air, sur trois notes, qu'Olivier avait inventé et qu'il sifflait souvent, près de Sainte-Mesme.

« Il est revenu des labours ? Pour me voir seule et me parler ? Il ne faut pas... »

Elle s'adossa au mur ; elle n'avait plus de jambes.

Le petit Albéric sortit de la cuisine. C'est lui qui sifflotait. Il avait retenu l'air pour avoir entendu Olivier le siffler. Il ne laissait rien passer de ce que faisait son grand ami.

Monique courut à l'enfant, l'étreignit, l'embrassa dix fois.

Albéric lui donna une amande.

— Pour toi, manger.

*
**

Aux champs, les heures ont soixante minutes.

Façon de dire que les heures y sont pleines, lourdes. De beaux fruits dont on épuise la pulpe, qu'elle soit âcre ou sucrée, que ce soit travail ou repos. De riches grenades, avec le compte de grains.

Les heures font le poids. On ne les jette que quand il n'y a plus ien dedans, plus une minute, plus une seconde.

Dans le villes, les heures sont des balles élastiques : elles rebondissent, se mêlent, et, à l'intérieur, les minute se mêlent aussi, et les secondes à l'intérieur des minutes. On ne s'y reconnaît plus. On ne sait jamais l'heure. Plus même le jour, parfois. « — Je ne sais pas comment je vis ! » A la campagne, on sait. En ville, oı dit : « Je n'ai le temps de rien faire » A la campagne on a le temps. On le prend.

Les heures sont rangées soigneusement dans la vieille horloge à poids où va et vient le balancier de cuivre, et dans le ciel, où passe et repasse le balancier du soleil.

Les vendanges, cette année-là, furent belles. Tout le monde y travaillait. Albéric picorait un grain à chaque grappe et rentrait le soir avec la colique.

Monique vidait son panier dans une hotte fixée par des courroies sur l'échine d'Olivier. Quand la hotte était pleine, Olivier la portait jusqu'à la route, à une charrette. Gilbert vidait la hotte dans une cuve, et la rendait à Olivier. Olivier revenait dans les rangs de vigne. Le panier de Monique revenait à la hotte d'Olivier.

De Monique à Olivier : rien.

Pas même de dureté. Pas même un air de reproche.

Rien.

Olivier se disait : « Je n'aurais pas dû rester. Ça ne peut pas continuer ».

Et Monique se disait : « Je ne pourrai pas tenir. Je ne peux plus. Oh, il n'aurait pas dû rester... »

III

LE TÉMOIN DE L'AVENIR (I)

Un soir, en revenant des champs, Olivier se courba, ramassa quelque chose dans l'herbe.

— Tu as trouvé un sou ? demanda Albéric.

Olivier ouvrit la main : un escargot !

— Une *cagouille!* fit le gamin. C'est pour nous, manger. Mais elle est pas assez grosse.

C'était un minuscule escargot absolument semblable à celui qui rampait sur un œuf dans le cabas de Monique, le jour où Olivier avait parlé à la jeune fille pour la première fois.

Dans la cuisine, sur un bahut, Olivier vit un panier plein d'œufs. Furtivement, il y déposa l'escargot, qui ne tarda pas à tirer bravement les cornes.

Monique l'aperçut. Elle le prit, le lança par la fenêtre donnant sur le jardin : il tomba dans un yucca. Puis Monique regarda Olivier. Cette fois, leurs yeux se parlèrent.

Et Olivier se dit :

« C'est bien. Je partirai. Je m'en irai cette nuit. »

Et, cette nuit-là, il s'en alla.

Dans sa chambre, il laissa sur la table une lettre pour Gilbert. Il expliquait qu'il préférait décidément la vie des villes. (Car Gilbert ne devait rien soupçonner.) Il le remerciait de ce qu'il avait fait pour lui.

Lorsqu'il fut seul sur la route, dans les ténèbres, il

entendit de nouveau le tic-tac. Un peu plus loin, le carillon le guettait. Puis les rebondissements du ballon l'accompagnèrent, sur le rythme de son pas. Puis le claquement du verre, le timbre de bicyclette...

Ces bruits de cauchemar croissaient à mesure qu'il s'éloignait de la ferme.

A la petite station de chemin de fer voisine, il monta dans un train omnibus. Il était seul dans le compartiment. La souffrance augmenta plus vite ; c'était un arrachement, un déchirement. Et c'était, dans sa tête, un vacarme que dominait l'abominable tic-tac et que hantaient les coups de l'horloge.

Finalement, dans une courbe, comme le convoi ralentissait, Olivier ouvrit la portière et sauta. Il roula sur le ballast.

Un instant après, dans la nuit pleine de bruits sinistres, il courait vers la maison paisible couronnée de chasselas ; il courait en se répétant : « Je suis un lâche ! Un lâche !... Je suis un lâche ! »

Lorsqu'il rentra dans sa chambre, la lettre n'était plus sur la table. Il crut que Gilbert l'avait prise.

— Bonsoir ! dit une voix ironique.

Olivier trembla des pieds à la tête.

Une silhouette élégante venait de se détacher d'une encoignure : Lola Gracieuse !

Le lit gémit, les rideaux furent écartés, et une masse énorme parut : Bébé-Fakir ! Il avait un visage hilare.

— Une veine que tu sois rentré, Olivier ! On s'était permis de jeter un coup d'œil sur ta lettre au même Gilbert, et on se disait : « Pas de chance ! On l'a manqué de cinq minutes ! »

— Allez-vous en ! gronda Olivier.

Bébé-Fakir fit mine de n'avoir pas entendu.

— Alors, Olivier, la santé est bonne ? La mienne, aussi, oui, merci. Et mon Ida va bien, merci. Mais tu n'as pas l'air content ? C'est pourtant une bonne surprise !

— Allez-vous en !

— Comme ça ? Tout de suite ? Tu n'es pas chic avec les amis. Surtout après le voyage qu'on a fait pour te rejoindre ! Alors comme ça, tu t'es rangé ! Tu travailles ! La géomancie m'avait bien annoncé que tu faisais des bêtises, mais, de là à...

Olivier mettait toute son énergie à se dominer.

« Pas d'esclandre, se disait-il. A aucun prix. Si les autres apprenaient... Si Monique... »

Il s'efforça de prendre un ton amical :

— Bébé-Fakir, rappelle-toi que j'ai toujours été loyal avec toi. On s'entendait bien, nous deux. Je ne sais pas ce que vous me voulez, mais vous n'avez rien à attendre. Je me suis refait une vie. Tu n'as pas le droit, Bébé-Fakir... C'est moche, ce que tu es en train de faire !

Il employait ce mot « moche », à dessein, comme le plus susceptible de toucher son ancien complice.

— Allons ! Emmène-la, Bébé-Fakir.

Il se refusait même à prononcer le nom de Lola.

— Je t'en prie : emmène-la. Partez !

Bébé-Fakir, gêné, toussotta.

— Tu sais, Olivier, moi...

Il eut aisément faibli. Mais Lola était d'une autre trempe.

— Et à moi, tu ne dis rien, mon chéri ?... C'est vrai que tu files le parfait amour avec... comment s'appelle-t-elle, déjà ?... Ah oui ! Monique !...

D'entendre prononcer ce nom par cette femme, cela fit serrer les poings à Olivier. Lola poursuivait :

— Quel joli sujet de tableau : « *Le cambrioleur aux doigts de fée maniant la charrue pour les beaux yeux d'une pure enfant !* Titre : REGENERATION PAR LA TERRE ET L'AMOUR ». Mais que je suis sotte ! Le tableau existe : L'ANGELUS, de Millet. Tout le monde connaît ! C'est pathétique !... A propos, elle va bien, notre petite Monique ?...

Elle ne se rejeta pas assez promptement en arrière ; non seulement elle ne put éviter la gifle, mais encore au lieu de la recevoir sur la joue, ce fut sur la bouche. Sa lèvre supérieure, éclatée, saigna.

— Très galant !

— Et maintenant, filez !

— Je regrette, dit Lola, mais nous restons !

— Quoi ?

— Tu nous cacheras. Tu nous apporteras à manger.

Elle ne priait pas. Elle ordonnait.

— Que ça te plaise ou non !

Elle expliqua :

— La Police nous court après, à cause du collier que j'ai vendu à cette vermine de Myriakos.

Myriakos, le receleur-indicateur... Ces perles, qui provenaient d'un crime et avaient fait d'Olivier un criminel...

L'abject passé remontait, avec ses puanteurs...

— Vous allez filer tous les deux ! Immédiatement ! Et que je ne vous revoie jamais !

Bébé-Fakir s'interposa.

— Ecoute, Olivier. A l'heure qu'il est, notre signalement à tous trois a été communiqué un peu partout. Demain il y aura peut-être nos photos dans les journaux. On est coincés ! Si on bouge, on sera faits comme des rats ! Tandis qu'ici, en restant peinards, on peut s'en tirer. Dans quelques jours, ça se sera tassé...

Aux oreilles d'Olivier, ces paroles n'étaient qu'un vain bruit dépourvu de sens.

— On filera à la frontière d'Espagne, insistait Bébé-Fakir. Je connais des contrebandiers qui nous feront passer. Et, une fois à Barcelone... N'oublie pas que tu es dans le coup comme nous, vieux ! Ce n'est pas le moment de faire de la fantaisie !

C'était exact !

Paluaud, la veille, s'était présenté au domicile de Lola Gracieuse. Il était accompagné de quatre inspecteurs. Il avait demandé Olivier et Lola, appris que la jeune femme était sortie, et qu'Olivier, depuis assez longtemps, s'était séparé d'elle.

— On le retrouvera ! En attendant, on va pincer Lola, puis leur petit ami Bébé-Fakir.

Il avait posté ses hommes aux abords de l'immeuble. Consigne : guetter le retour de la jeune femme et l'appréhender. Par elle, ou par Bébé, on saurait où se cachait Olivier.

Mais, sur ces entrefaites, Bébé survenait. Il surprenait ces préparatifs, devinait immédiatement qu'il s'agissait d'arrestations en bonne et due forme : il s'éclipsait et rejoignait Lola chez sa couturière.

— Les flics sont rue La-Fontaine !

Dix minutes plus tard, le couple partait, en voiture. On n'emmenait pas Ida : elle ne risquait rien. Et d'ailleurs, au moment du danger, Ida était le cadet des soucis de Bébé-Fakir !

Une heure plus tard, ils arrivaient au Pymangou. Lola voyait le père Tourette qui, sans défiance, lui donnait l'adresse de Gilbert et Monique Lafont.

— Olivier est avec eux, sûrement ! Allons-y, avait-elle décidé.

Car elle aimait toujours Olivier. Bébé avait acquiescé parce que pour lui, Olivier demeurait le Chef, celui dont la présence rassurait, celui qui saurait prendre les initiatives nécessaires.

Ils étaient repartis, en direction de la Charente.

Ils n'avaient pas eu tort d'avoir peur ! Si Paluaud et ses hommes s'étaient présentés rue La-Fontaine, c'était parce que *maintenant, l'inspecteur savait.* Il connaissait le meurtrier de Myriakos.

Il ne devait pas cette découverte à de subtiles investigations ou déductions. Il avait appris la vérité de la bouche même de Minguet. En somme, dans cette affaire Paluaud aurait eu un double mérite : d'abord, flairer le mensonge du commis ; secondement (et ce n'était pas sa moindre qualité) il avait su faire preuve de patience.

Pourtant, son flair et sa patience eussent vraisemblablement été déçus sans le secours d'un auxiliaire inattendu qui avait tiré de Minguet des révélations qu'aucun interrogatoire n'avait pu lui arracher. Cet auxiliaire : c'était la fièvre !

Minguet, de santé frêle, était tombé malade dans son cachot. Une simple bronchite. Mais elle avait traîné, dégénéré en broncho-pneumonie. Et Paluaud, un matin, avait été informé que la fièvre faisait délirer le malade.

Il s'était installé au chevet du commis, avait attendu, patiemment, un jour et une nuit. Et quelques mots échappés au malade, durant un sommeil agité, lui avaient livré le nom du meurtrier de l'antiquaire.

Pourquoi Minguet avait-il si obstinément couvert ce meurtrier, au mépris de sa liberté et de sa vie même — cela, Paluaud ne le savait pas encore exactement. Mais, d'ores et déjà, il pouvait le soupçonner.

Quoi qu'il en fût, avant tout, arrêter l'assassin et sa bande.

Telle était l'origine de l'expédition rue La-Fontaine. Tels étaient les événements qui avaient amené Lola Gracieuse et Bébé-Fakir dans cette petite ferme de Charente.

Lola s'impatientait et s'irritait devant la résistance d'Olivier.

— Tu nous cacheras, Olivier ! Sinon...

— Sinon ?

— Je parlerai à Monique. Je lui dirai que tu es un voleur.

— Inutile. Elle le sait.

— Je lui dirai que tu es un assassin. Elle sait ça aussi ?

— Non. Mais elle va le savoir. Immédiatement ! cria-t-il soudain, d'une voix de forcené. Tout de suite !

Il avait empoigné Lola par les cheveux. La secousse l'avait jetée à genoux. Il la redressa avec une violence monstrueuse. Il hurlait :

— Tout de suite ! Tout de suite !

— Hé, là ! Tu deviens fou ? bégayait Bébé-Fakir,

totalement dépassé par la tournure que prenaient les événements.

— Je ne suis pas fou! Je suis un assassin! Et Monique va le savoir.

Il poussait Lola à coups de genou dans les reins. Elle se contorsionnait, mais il n'avait pas lâché sa chevelure. Il l'obligea à franchir la cour presque en courant. Bébé-Fakir, frappé d'abrutissement, et n'osant intervenir, suivait.

Monique, un tricot aux doigts, se précipita dans le couloir.

De toutes ses forces, Olivier fit pirouetter Lola, qui heurta des épaules une muraille, et y demeura plaquée, échevelée, haletante.

A ce moment-là, on se rendait compte que sa beauté n'était qu'un masque. La hideur transparaissait sous l'apparence marmoréenne. Qu'elle pouvait devenir laide, cette femme si belle!

— Monique, il faut que tu saches que je suis un assassin, dit Olivier.

Personne dans la cuisine. Les hommes étaient aux écuries, où l'on attendait la naissance d'un veau. Les vieilles servantes gavaient des oies. Le petit Albéric était au lit.

— Monique, je suis un assassin : j'ai tué un homme. Je l'ai tué pour cette femme! Je vivais avec elle avant de te connaître; j'étais devenu un voleur pour elle. Puis j'ai tué, à cause d'elle.

Monique, horrifiée, dut s'adosser à une muraille. Lola, si les regards pouvaient tuer, Olivier fût tombé mort... Bébé-Fakir faisait des gestes saccadés, ouvrait puis refermait la bouche.

Dans la tête d'Olivier, c'était un flamboiement ininterrompu. Il était emporté par une sorte d'exaltation sacrée. Il savait qu'il accomplissait quelque chose de désespéré et de grand, et que tout, depuis des mois, était en route vers cette minute-là.

— Je n'aimais pas cette femme, Monique. Je vivais

avec elle, mais je ne l'ai jamais aimée. Toi, Monique, je t'ai aimée. Aimée vraiment. Tu es la seule que j'aie aimée. Lorsque je t'ai perdue, j'ai compris que j'avais tout perdu. Depuis je n'ai plus volé. J'ai quitté cette femme. Je suis parti sur les routes. Je ne pensais qu'à toi. A toi... Et quand, sans m'en douter, je t'ai retrouvée, j'ai pensé que Dieu avait eu pitié de moi, à la fin. Je me trompais. Je n'avais pas encore assez payé ! Il a fallu que cette femme et son complice me retrouvent. Elle m'a menacé de te dire que j'étais un assassin, si je refusais de la cacher, car la Police la poursuit. Voilà. Tu sais tout.

Bébé-Fakir décida brusquement :

— J'en ai assez ! Ecoute-moi, Olivier. Je vais t'expliquer...

— Tais-toi, Bébé-Fakir ! cria Lola Gracieuse, sauvagement.

Cet ordre était superflu. Olivier venait d'assener à Bébé-Fakir un coup de poing qui l'atteignit à la mâchoire. Bébé-Fakir exécuta un demi-tour, ses jambes mollirent, il tomba en arrière et heurta du crâne la porte, que Gilbert ouvrait à cette seconde.

Bébé-Fakir roula sur le carrelage.

— Par exemple ! Qu'est-ce qui se passe ? fit Gilbert médusé.

Olivier s'était à peine interrompu de parler.

— Tu sais tout, Monique ; je t'ai tout dit. Je t'ai aimée. Je t'aime. Tu ne peux pas me croire, tu ne me crois pas, mais peut-être un jour tu comprendras que ce soir, au moins ce soir, je suis sincère. Adieu !...

Il sortit en courant.

— Il t'aimait ? Tu l'aimais ? répétait Gilbert. Qu'est-ce que cela signifie ? Et qu'est-ce qu'il va faire ? Il va se tuer ? Mais... et toi ? Où...

Il tentait de barrer le passage à sa sœur. Elle l'écarta en criant :

— Laisse-moi. Je sais ce qu'il va faire...

A son tour, elle s'élançait au-dehors.

— Je vais vous expliquer, fit Bébé-Fakir, qui venait de se relever.

Le poing énorme d'un journalier s'abattit à toute volée sur sa face, et le projeta de nouveau à terre.

Après avoir couru longtemps à travers bois et champs, par des raccourcis qu'elle connaissait bien, Monique parvint à la localité voisine. Rapidement, elle marcha dans les rues sombres. A un angle, elle s'arrêta. Là, elle attendit. Elle était certaine d'avoir devancé Olivier. Mais viendrait-il ?

Quelques passants, rares à cette heure avancée, considéraient cette jeune femme solitaire, immobile. Certains se retournaient, hésitants, avec des pensées équivoques...

Enfin, il y eut un bruit de pas pressés. C'était lui. En l'apercevant, il s'arrêta net, tout tremblant.

— Olivier... Je savais que tu viendrais.

Ce fut elle qui l'étreignit.

— J'ai compris que tu disais la vérité, Olivier. Tu m'aimes. Moi aussi, je t'aime. Tu as bien fait de venir.

Ils levèrent les yeux vers le fronton du bâtiment au pied duquel ils se tenaient. On pouvait déchiffrer, en lettres de métal jaune.

GENDARMERIE

— C'est la seule chose...

Ainsi avait fait Gilbert, rapportant au père Tourette l'argent volé dans la caisse du Pymangou.

Il faut payer : c'est la loi.

— Pour que nous puissions nous retrouver, *ensuite*...

— Ce sera peut-être dans bien longtemps, Monique...

— Le temps qu'il faudra.

Une phrase de Gilbert traversa l'esprit d'Olivier : « — Tu vois cette maison ? C'est moi qui l'ai rebâtie. »

Lui aussi, Olivier allait devoir rebâtir.

Olivier, l'architecte manqué...

Une maison. Une *demeure*. Ce qui demeure : ce qui est durable.

Pour cela, il faudrait d'abord sonner à la porte de cet immeuble noir, passer sous les hautes lettres de métal jaune. La lourde porte retomberait.

Cela d'abord. « C'est la seule chose... »

— Ce sera peut-être dans bien longtemps... Peut-être jamais...

Qu'importait, — puisqu'*elle* l'aimait ?

Il adressa un sourire à Monique, et fit un pas vers la gendarmerie.

La jeune fille glissa un bras sous le sien ; il sentit qu'elle le retenait, — pour un baiser, pensa-t-il.

Elle ne l'embrassa pas.

Elle chuchotait :

— Demain...

Monique, — si chaste !

Elle voulait lui donner cette nuit.

Elle élevait vers lui un regard tout de pureté, tout de gravité.

La chambre était fraîche, avec son papier-tenture parsemé de lilas, assorti au velours des sièges, au couvre-lit.

Sur la table, il y avait une lampe à pétrole coiffée d'un abat-jour lilas.

Dans la lueur de la lampe, Olivier posa le calendrier des postes, et tous deux regardèrent longuement le « Monsieur Bistre ». Il avait été le compagnon des bons et des mauvais jours. Il savait tout de leur amour.

Olivier prit Monique dans ses bras.

A la même seconde, il se produisit quelque chose de fantastique.

Olivier sentit que son obsession le quittait, qu'elle s'en allait de lui. Et il sut qu'il en était délivré à jamais.

Simplement parce qu'il tenait Monique dans ses bras !

Monique, si menue, si frêle ! Monique, toute faiblesse !

Et cette faiblesse était plus forte que la peur, que les ténèbres. Plus forte que ce qu'il y a de plus fort au monde : la mort !

Comment comprendre ?

C'était à lui, un grand garçon solide, qu'il incombait de défendre Monique.

Et c'était elle qui le défendait ; elle lui était protection, refuge, asile.

Sur la tempe de Monique, il voyait battre une veine bleue ; il sentait battre contre sa poitrine le cœur de Monique ; le sang de Monique menait, dans le rond de ses bras, sa course circulaire...

Et la mort reculait.

Il s'émerveillait :

— « L'amour, c'est donc cela ; ne plus avoir peur ! »

Désormais, la mort pourrait se présenter. Quand elle voudrait.

La mort, à ce moment-là, ne pensait pas à eux.

Elle était occupée, à deux kilomètres de là, sur la route conduisant à la maison de Gilbert.

Elle était assise, la mort, sur le bas-côté de cette route.

Elle avait affectueusement passé un bras autour des épaules de Lola Gracieuse, dont le beau front était ensanglanté.

Lola allait mourir.

Près d'elle se tenaient quatre hommes : Bébé-Fakir, Gilbert et deux journaliers.

Après la fuite d'Olivier et le départ de Monique, Bébé-Fakir avait enfin obtenu qu'on l'écoutât.

— Je vais tout vous expliquer.

Ce n'était pas un brillant spécimen d'humanité que cet épais et lugubre clown. Mais il n'était pas foncièrement méchant. Il regrettait le mal qu'ils avaient fait à Olivier. Surtout, il regrettait d'avoir, depuis des mois, laissé Olivier dans une erreur qui l'avait rongé, miné.

Car il était faux qu'Olivier fût un assassin.

Et, en dépit de ses aveux, ce n'était pas non plus Gabriel Minguet qui avait tué l'antiquaire.

L'ASSASSIN DE MYRIAKOS, C'ETAIT LOLA GRACIEUSE.

Lorsqu'Olivier, après avoir lancé la pendulette à la face du vieux receleur, avait retrouvé Lola à l'angle de l'impasse des Entrepreneurs, et, à la question de la jeune femme : — « Myriakos », avait répondu : — « Je l'ai tué », puis s'était éloigné d'un pas d'automate, Lola était demeurée quelques instants figée par la stupeur.

Ensuite, un doute lui était venu. Olivier disait-il vrai ? Avait-il réellement tué Myriakos ? Olivier qui ne versait jamais de sang...

Elle ne parvenait pas à le croire. Olivier ne l'aimait plus : peut-être il lui avait joué une comédie ?

Une impulsion plus forte que la crainte l'avait emportée ; elle était entrée dans le magasin. Elle avait pénétré dans le bureau.

Là, elle avait vu Myriakos debout !

Laissé pour mort par Olivier, il s'était dressé péniblement, en s'agrippant à la table. Il avait décroché le récepteur d'un appareil téléphonique. Il appelait :

— Police... Allô. La Police...

Il avait tourné vers Lola son visage sanglant, dont un œil était fermé. Il avait de nouveau crié dans l'appareil :

— Police... Vite...

Dénoncés par Myriakos, la police les arrêterait tous. Lola n'avait pas hésité. Elle avait tiré de son sac un browning, et fait feu à bout portant. Myriakos, atteint à la nuque, avait tournoyé, s'était abattu. Cette fois, il était mort.

Lola avait repris le collier dans le tiroir, les cent mille francs sur la commode. Elle agissait comme dans un rêve extrêmement précis, où tous les gestes étaient nets, rapides. Elle avait regagné l'impasse, puis l'avenue sans rencontre fâcheuse.

Pourquoi n'avait-elle pas informé Olivier de son acte, ensuite, et l'avait-elle laissé à sa conviction qu'il était un meurtrier ?

Ce n'était pas par lâcheté. Ce n'était pas parce qu'elle n'osait pas endosser la responsabilité d'un homicide. Ce n'était pas la crainte du juge et du châtiment.

C'était par amour !

Oui ! Si étrange que cela semble, c'était par amour que Lola avait laissé croire à Olivier qu'il avait tué ! Elle pensait ainsi se l'attacher, le reprendre, au moment où il s'apprêtait à la quitter. Le fait qu'il eût assassiné pour elle lui semblait devoir créer entre eux un lien impossible à briser.

Faux calcul : Olivier n'avait éprouvé que dégoût.

Alors, Lola avait continué à se taire, par vengeance. Elle avait abandonné Olivier à son épouvantable obsession par cruauté d'amoureuse déçue. En outre, son secret lui fournissait les éléments d'un chantage sur Olivier et Monique.

Seulement, ce qu'elle avait ainsi dissimulé à Olivier, elle n'avait pu le cacher à son complice, Bébé-Fakir, son chien de garde. A lui, elle avait tout dit. Et il avait longtemps gardé le silence.

Mais c'était trop ignoble, à la fin !

Même pour un Bébé-Fakir !

Lola nia avec emportement.

— Nous ne sommes pas des policiers, avait tranché Gilbert. Mettez-moi ce monde-là dans la camionnette, et en route pour la gendarmerie.

Durant le voyage, Lola, profitant d'une seconde

d'inattention des journaliers, avait sauté de la camionnette, dans un virage.

Elle avait roulé sur la chaussée caillouteuse, son front avait heurté un silex.

Maintenant, elle geignait doucement.

Ses doigts caressaient un de ses bas, un bas tout déchiré. Les beaux bas, c'était peut-être ce qu'elle avait le mieux aimé dans cette vie, Lola !

Sa main se souleva, pour un geste qu'elle n'eut pas la force d'achever ; ses lèvres remuèrent. Les quatre hommes se penchèrent, et l'entendirent murmurer :

— C'est vrai, j'ai tué Myriakos. Parce que je voulais garder Olivier. Il faudra lui dire... à Olivier... ; que je l'ai fait, parce que je l'aimais... Je lui ai fait du mal parce que je l'aimais...

Sa tête retomba. Bébé-Fakir, les yeux embués, regardait cette jeune femme pour laquelle, secrètement, depuis des années, il nourrissait un amour sans espoir.

— Pauvre Lola, murmura-t-il. Elle n'était pas tout à fait mauvaise...

— Personne n'est tout à fait mauvais, dit Gilbert.

Ainsi mourut lamentablement, à l'heure de minuit, au revers d'un talus, au bord d'un chemin vicinal, sa tête magnifique et ensanglantée reposant sur un oreiller d'herbes sèches et de ronces, la fille Gratien (Marie-Alexandrine), de son nom de courtisane : Lola Gracieuse, — que beaucoup d'hommes avaient aimée d'amour, mais qui n'avait reçu en partage sur cette terre que la beauté, — laquelle n'est rien sans le cœur.

Une seule étoile marquait l'emplacement de la localité voisine, une lueur jaune : celle de la lampe d'Olivier et de Monique.

La maison où brûlait cette lampe se trouvait sur le chemin que devait suivre la camionnette dans son voyage vers la gendarmerie. La camionnette passa sous leur fenêtre.

Olivier et Monique étaient toujours assis près de la

table, genoux contre genoux, mains mêlées, et ils parlaient à voix basse, de leur amour. Ils avaient beaucoup de choses à se dire. Ils avaient tout à se dire.

La camionnette était vieille et fatiguée ; le moteur avait des ratés, faisait un tintamarre dans la petite ville endormie.

Quand la voiture passa devant la maison, Olivier se leva et alla fermer la fenêtre.

A l'aube, Olivier et Monique étaient encore assis côte à côte. Monique reposait, pâle et lasse, son front sur l'épaule d'Olivier.

Il ne dormait pas. Il regardait, religieusement, monter le jour. La lampe à pétrole continuait de brûler, mais, dans la lumière de l'aurore, sa flamme jaunâtre devenait invisible.

Olivier éveilla Monique avec précaution.

– Maintenant, chérie...

Il souffla la lampe, et ils descendirent.

***

A la gendarmerie, quand Olivier s'accusa du meurtre de Myriakos, le brigadier hocha la tête. Il était au courant. Il avait recueilli les déclarations de Gilbert, des deux journaliers et de Bébé-Fakir. Chacun d'eux avait apposé sa signature au bas de ces dépositions.

D'autre part, un appel téléphonique avait été lancé à Paris. La Police Judiciaire avait transmis à Paluaud. Et Paluaud avait confirmé la culpabilité atténuée d'Olivier et la culpabilité capitale de Lola dans l'affaire Myriakos.

Ce fut ainsi qu'Olivier apprit, des lèvres d'un brigadier de gendarmerie, qu'il n'était pas un assassin.

Néanmoins, il lui restait des comptes à rendre : il avait été un voleur.

Lorsqu'on le conduisit au cachot, il passa près de Monique assise dans le couloir, sur une banquette de chêne mal rabotée. Ils se sourirent.

La jeune fille conserva bravement son sourire aussi longtemps qu'elle le put; jusqu'à ce qu'Olivier eût disparu. Elle se dirigea lentement vers la porte ; sa vue se voilait.

Sur le seuil, elle s'abandonna, car elle n'était, malgré tout, qu'une petite fille ; elle pleura.

— Ne vous désolez pas, ma belle demoiselle, dit gentiment le brigadier. On vous le rendra, allez !

Puis il rentra dans son bureau, appela pour la seconde fois la Police Judiciaire, et annonça qu'Olivier Roi venait de se constituer prisonnier.

Paluaud, lorsqu'il reçut avis de cette communication, se trouvait au chevet de Gabriel Minguet.

L'affaire, du point de vue policier, était close. Peu s'en fallait qu'elle le fût aussi du point de vue judiciaire, l'action de la Justice étant en majeure partie éteinte du fait du décès accidentel de la fille Marie-Alexandrine Gratien, dite Lola Gracieuse.

Mais il restait un point obscur, et l'inspecteur avait décidé d'éclaircir ce point-là, comme les autres.

Pourquoi Minguet s'était-il accusé d'un crime qu'il n'avait pas commis ?

Pour couvrir Lola, évidemment. Mais pourquoi ce dévouement ?

Qu'y avait-il entre ce garçon timide et cette fille éclatante et sournoise ?

Minguet allait beaucoup mieux ; la fièvre était tombée. Le docteur avait autorisé un interrogatoire.

— Vous l'aimiez, n'est-ce pas ? demanda Paluaud. C'était la seule explication.

Un mot arracha enfin Minguet aux mensonges dans lesquels il s'enfermait depuis si longtemps.

« Morte... »

— Puisque Lola Gracieuse est morte, cela ne sert à rien de vous taire.

— Ce n'est pas vrai ! Elle n'est pas morte ! cria Minguet. Vous mentez !

Cette explosion de colère, cette dénégation passionnée suffisaient à le trahir.

Doucement, paternellement, Paluaud lui fit le récit des épisodes qui avaient amené la tentative de fuite de Lola, sa chute, son remords et ses aveux à la minute dernière.

— Puisqu'elle a avoué !... Voyons, mon petit ; ne sois pas une tête de bois !

Minguet s'était mis à pleurer.

Patiemment, Paluaud avait attendu. Et il avait appris enfin tout ce qu'il désirait savoir.

Oui, Minguet aimait Lola. Cette Lola qu'avaient aimée, chacun à sa manière, Olivier, Myriakos, Bébé-Fakir, et bien d'autres... Minguet, lui aussi... Secrètement. Depuis longtemps.

Jamais la jeune femme n'avait soupçonné cette passion cachée jalousement.

Minguet n'espérait rien. Mais c'était à cause de cet amour qu'il avait dérobé un jour une paire de gants chez Lola : il voulait posséder un objet ayant appartenu à la jeune femme.

— Et tu as entendu ton patron la menacer ?

— Oui. Il ne l'aimait pas vraiment, lui. Il n'aimait vraiment que l'argent. Mais il la désirait. Il la désirait d'autant plus qu'il était vieux et laid. Il lui avait donné un rendez-vous à huit heures du soir, dernier délai. Ce soir-là, je suis resté au magasin, en cachette. J'avais apporté un revolver, et...

— Et tu comptais intervenir au cas où Myriakos...

— Je l'aurais tué. Vous comprenez, monsieur l'inspecteur, je ne pouvais pas supporter l'idée que Lola, si belle... Cela me soulevait le cœur !

— Je comprends, mon petit ! Je comprends !...

— J'ai vu entrer Olivier. J'ai assisté à toute la scène. Après son départ, j'allais me sauver aussi, quand j'ai vu Myriakos, blessé, revenir à lui. Il se relevait, décrochait le téléphone, appelait la Police. J'ai sorti mon revolver et j'allais faire feu, quand *elle* est arrivée.

Elle a fait ce que j'aurais fait moi-même. Elle l'a tué, et elle s'est enfuie. Je ne pouvais qu'une chose pour elle : la sauver en me déclarant coupable. Parce que, sinon, elle serait prise, fatalement; un jour ou l'autre la Police l'arrêterait. Je me disais : « Sûrement, elle comprendra que j'ai fait cela par amour... » Qu'elle le comprenne, cela suffisait à me rendre heureux; cela valait le sacrifice de ma vie. Ma vie, la vie de Gabriel Minguet, qu'est-ce que c'est ?...

— Je comprends, mon petit...

Une infirmière préparait une tisane. Elle déclarait :

— Dans huit jours, il sera sur pied !

— Et dans quinze jours, tu seras libre, mon petit, dit Paluaud. J'en fais mon affaire.

Libre !...

Minguet pourrait encore flâner sur les quais, fouiller dans les boîtes des bouquinistes, acheter, pour quelques francs, des romans cornés et poudreux et accompagner en imagination ses héros favoris dans les défilés des Montagnes Rocheuses : Buffalo Bill, Wild Bill l'Homme de Laramie, et les guerriers au visage ocré, Grizzli Rusé, Œil de Vautour, Serpent Noir... Puisqu'*elle* ne vivait plus...

Il se prit à trembler, à la pensée que peut-être les juges refuseraient de le libérer. Il avait tenté d'abuser la Police et les magistrats. C'était très grave. Paluaud le rassura :

— J'en fais mon affaire.

Il parlait de la sorte car, en définitive, Minguet, bien involontairement, avait aidé la police en tentant de la tromper. Il avait été le maillon de la chaîne qui avait conduit Paluaud de Myriakos à Lola. L'inspecteur se flattait de faire valoir cet argument aux yeux du juge et d'obtenir par ce procédé un non-lieu en faveur du commis.

— En attendant, conclut-il avec un bon sourire, j'ai une surprise pour toi.

Il sortit de sa poche un petit paquet rectangulaire recouvert de papier de journal.

— Devine ce que c'est ?...

Le paquet contenait un livre !

Ce roman à couverture coloriée où l'on voyait Buffalo Bill capturant au lasso, en pleine course, un Indien Comanche empanaché de plumes et montant un mustang !

Un livre acheté quatre francs !

Quatre francs !... Et, dans sa lettre anonyme, le commis parlant de lui-même, avait écrit avec une ironie un peu amère : « *Minguet a des vices, et, les vices, ça coûte ! Si vous voulez bien y réfléchir, je suis sûr que vous serez d'accord avec moi : un garçon qui a une vie solitaire, pas d'amis, ce n'est pas normal : il a forcément des vices !* »

Les vices, ça coûte !...

Quatre francs !... « *Le cri de la hulotte bleue ayant retenti trois fois, Buffalo Bill sut que les hommes de Fort-Mountain s'étaient mis en marche !...* »

— Tiens ! dit Paluaud en jetant le roman sur le lit du convalescent ; voilà de la lecture !...

***

Dans son cachot. Bébé-Fakir roulait des pensées saumâtres. Il n'avait plus le cœur à la plaisanterie.

Mais il avait gardé sa foi en la géomancie. C'était même tout ce qui lui restait. Il voulut interroger sur l'avenir cette science merveilleuse.

Peut-être, à Paris, rue de Lanneau, Mme Ida, voyante extralucide, questionnait-elle le marc de café, les tarots et le cristal au sujet de son époux ?

Les gendarmes avaient fouillé Bébé-Fakir. Ils ne lui avaient laissé ni papier, ni crayon. Le dé, heureusement, avait échappé à leurs investigations, d'ailleurs superficielles.

Bébé-Fakir fit rouler ce dé sur son bat-flanc, en

concentrant sa pensée sur la question à laquelle il désirait une réponse qu'il eût été déraisonnable d'espérer heureuse.

Se servant d'un ongle comme stylet, il inscrivit les chiffres sur le plâtre crasseux de la muraille.

Il traça ensuite sur le plâtre un tableau géomantique et plaça les « Figures » dans les « Maisons ». Après quoi, il étudia l'ensemble.

La question posée était la suivante :

« Est-ce qu'on a l'intention de me garder longtemps en taule ? »

Il ne se faisait aucune illusion : son dossier était assez chargé pour lui assurer une détention de longue durée.

Pourtant la réponse l'accabla.

Dans la case du « *Témoin de l'Avenir* », il trouva la figure de « *La Prison* », dont le sens n'était que trop clair, à tous les points de vue !

La Prison signifie : *Contrainte, Impossibilité d'agir, Etre retenu.* Ce qui correspondait admirablement à la situation.

Mais, de toutes les figures de la géomancie, *La Prison est la plus durable, étant figure d'années, ou de siècle !*

« Je n'aurai jamais la patience ! » se dit Bébé-Fakir, en se laissant aller avec abattement sur son bat-flanc.

IV

RÉUNION CHEZ LE JUGE

Quelques semaines plus tard, le sept novembre, vers sept heures du soir, à Paris, un homme feuilletait mélancoliquement un album de timbres.

Il referma cet album et promena lentement son regard sur les rayons d'une importante bibliothèque, où dominaient les romantiques. Ses livres et ses timbres emplissaient la vie sentimentale de cet homme, qui se nommait Albert Pointat.

Naturellement, Albert Pointat chérissait sa femme, Catherine. Mais comme, par amour, Catherine Pointat s'était faite la servante pieuse des livres et des timbres, c'était un peu, pour Albert Pointat, penser à sa femme que penser à sa bibliothèque ou à ses albums. Il mêlait ces trois ferveurs et en tirait un bonheur parfait.

Par ailleurs, M. Pointat remplissait ponctuellement les fonctions de rédacteur au Ministère des Pensions, et, étant un sage, dépensait moins qu'il ne gagnait.

Dans un vieil immeuble de la rue Gît-le-Cœur, dans le sixième arrondissement, le couple occupait un minuscule appartement où sa joie était au chaud.

Point de domestique ni de femme de ménage; Mme Pointat vaquait à toutes les tâches ménagères, tendrement.

Ce soir-là, comme son mari refermait mélancoliquement l'album de timbres, elle, dans la cuisine, préparait mélancoliquement une salade. Souvent, les mêmes pensées leur venaient; souvent une réflexion identique leur échappait. Ce fut le cas en l'occurrence.

— C'est bizarre! dirent-ils en même temps.

Ce qui était bizarre, c'était le silence de leur ami Georges Grand, le bijoutier. Ils avaient dîné chez lui une semaine auparavant. Soirée charmante. Pointat avait initié Grand à la géomancie, car il pratiquait depuis longtemps, sans conviction, mais par manière de délassement de l'esprit, cette science divinatoire génératrice d'associations d'idées parfois très subtiles.

Ensuite, on avait parlé bouquins. Puis on avait parlé bijoux. On avait même réglé une affaire. Et les Pointat s'étaient retirés vers l'heure du dernier métro, emportant l'assurance que Grand viendrait dîner chez eux sous huitaine, approximativement.

Depuis, rien!... Pas même une lettre.

A cette seconde, on frappa discrètement à la porte.

D'un même élan, ils coururent ouvrir.

— C'est lui!...

— Et moi qui n'ai rien préparé, gémissait Catherine. Il aurait pu prévenir.

Ce n'était pas M. Grand. Un inconnu se tenait sur le seuil. A cause du froid, il avait remonté le col de son pardessus, rabattu le bord de son feutre, et un large foulard bordeaux lui cachait le menton.

Il proféra une phrase confuse, de laquelle ils ne retinrent que le nom de M. Grand.

Ils prièrent l'homme d'entrer.

— M. Grand n'est pas souffrant, au moins? s'inquiéta Catherine.

— Oh, non, madame. Non, — enfin, c'est-à-dire... Je ne sais pas! Je me suis sans doute mal fait comprendre. Je ne viens pas de la part de M. Grand. Je vous apporte une lettre de M. Grand.

— C'est donc qu'il est malade! fit M. Pointat.

— Il ne semblait pas l'être lorsqu'il a écrit la lettre, dit le visiteur.

Là-dessus, il se nomma :

— Je m'appelle Rambert. Etant sans travail, j'avais écrit à M. Grand au sujet d'une annonce par laquelle il demandait un employé. J'ai reçu en retour une enveloppe contenant... une lettre à votre nom ! Je suppose qu'il y a eu confusion d'enveloppe et que vous avez reçu vous-même une lettre qui m'était destinée.

— C'est exact, dit M. Pointat. Elle est arrivée hier soir. Comme la feuille portait votre adresse, je vous l'ai immédiatement réexpédiée.

— Je vous remercie très vivement, dit Rambert avec humilité. Puis-je savoir quelle réponse faisait M. Grand à ma demande d'emploi ? s'enquit-il anxieusement.

M. Pointat hocha tristement la tête.

— Je suis navré, monsieur Rambert. Je voudrais pouvoir vous donner une bonne nouvelle. Malheureusement...

— J'ai l'habitude ! fit Rambert, d'une voix résignée.

— M. Grand vous informait que le poste n'était plus vacant.

— Je n'ai jamais eu de chance, dit pitoyablement Rambert.

— M. Grand exprimait ses regrets.

— Des regrets ? Bien aimable à lui... Oui, bien aimable ! fit Rambert.

Drôle de corps, que ce personnage.

Un individu d'une quarantaine d'années, taillé comme un fort des halles, mais dans le genre mou.

Un géant geignard, qui ressemblait à une baudruche rose et s'exprimait d'une voix enfantine.

— Moi, c'est sans importance, gémit-il. Mais ma pauvre femme... Comment vais-je la faire vivre ? Car je suis marié. C'est une très bonne et courageuse femme. Elle s'appelle Ida.

Près de la salamandre, il grelottait :

— Vous êtes sans travail depuis longtemps ? questionna M. Pointat, apitoyé.

— Six mois, monsieur. Toutes mes petites réserves ont fondu, vous pensez...

— Il ne faut pas désespérer, marmonna M. Pointat, ému. Peut-être pourrais-je voir, dans mes relations... C'est souvent au moment où l'on s'y attend le moins que...

— Bien sûr ! Aussi, je ne désespère pas, dit Rambert avec un sourire, — un très inattendu et assez vilain sourire, qui impressionna désagréablement M. Pointat. En même temps, le visiteur tirait de sa poche une feuille pliée.

— Voici la lettre que M. Grand vous adressait qui m'est parvenue par erreur.

La lettre renfermait un feuillet plus petit, couvert de singulières figures composées de traits et de points assemblés selon diverses combinaisons, et enfermées dans un cadre comportant des divisions symétriques.

Voici ce document :

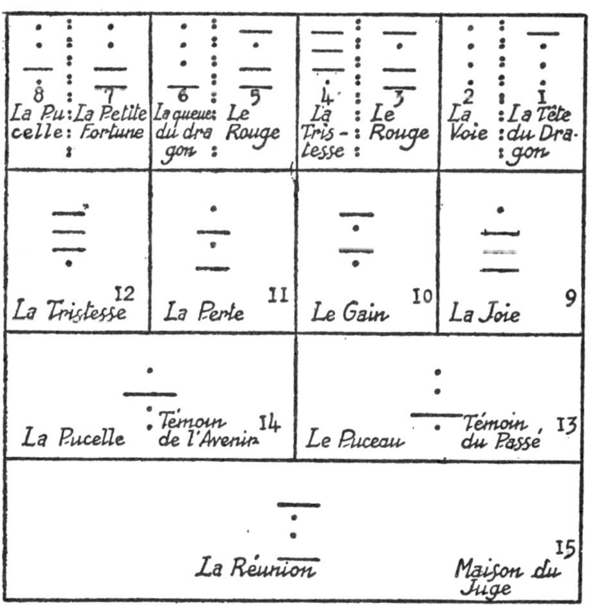

Un tableau de géomancie!... M. Pointat sourit : voilà qu'il avait passé son dada à Georges Grand!

Il se mit à lire la lettre du bijoutier.

« *Cher ami et subtil géomancien,* — disait celle-ci, *j'ai fait en pensant à vous un tableau de géomancie que je joins à ce mot.*

« *Ce tableau, si je l'ai bien interprété, m'a indiqué que vous recevrez une visite amicale le 7 courant vers huit heures du soir, en votre domicile, 9, rue Gît-le-Cœur.*

« *Je suis même en mesure d'ajouter les précisions suivantes :*

« *Il y aura ce soir-là chez vous un gentil petit dîner. Cela est nettement indiqué, dans les Maisons I, II, III, V, VI, VIII et IX ainsi que par le Témoin du Passé, le Témoin de l'Avenir, et, surtout, par le Juge.*

« *En effet, au Juge, nous trouvons LA REUNION. Outre que son sens propre indique réunion d'amis et bonne entente cette figure favorable évoque, par sa forme, une table sur laquelle seraient placés des verres.*

« *En Maison IX, La JOIE suggère incontestablement une bouteille, avec son bouchon! Signe que l'on boira!*

« *Ces deux indications sont renforcées par le ROUGE en Maison III et V; ROUGE : ce terme est clair. On boira du vin rouge!*

« *En Maison I, LA TETE DU DRAGON et, en VI, LA QUEUE DU DRAGON laissent présager : la première que l'on boira beaucoup, car elle ressemble à un tire-bouchon, et la seconde, que l'on veillera tard, car elle ressemble à un bougeoir supportant une bougie.*

« *J'irai plus loin!* »

« *Je dirai que l'on mangera une volaille aux petits pois!* »

« *Cela est indiqué par LE PUCEAU, en Maison VIII et au Témoin du Passé, et par LA PUCELLE, au Témoin de l'Avenir (ces deux figures ressemblent à des couteaux à découper) et par LA VOIE, en Maison II, où il faudrait être aveugle pour ne pas reconnaître des petits pois !*

« Je termine en attirant l'attention de votre exquise femme sur le nombre considérable de traits que comporte le Tableau. Ces traits évoquent des objets plats. Objets plats, qu'est-ce à dire, sinon des plats... des assiettes ?... Fameuse vaisselle en perspective !

« Mais assez plaisanté, je serai chez vous le sept vers huit heures du soir. A bientôt. Votre ami

« Georges GRAND. »

— C'est ingénieux ! dit Rambert, d'une voix suave.

— Qu'est-ce qui est ingénieux ? fit M. Pointat.

— L'interprétation du tableau de géomancie par votre ami, M. Grand.

— En effet, fit M. Pointat, assez surpris.

— Mais cette interprétation est vraiment fantaisiste !

— Vous... Vous connaissez la géomancie ? s'ébahit M. Pointat.

— Je me passionne pour cette science, dit Rambert. C'est d'ailleurs ce qui m'a incité à lire cette lettre, — chose que je n'eusse pas fait sinon : je suis un homme discret !

— Il n'y a aucun mal, murmura M. Pointat.

Il se demandait pourquoi Rambert, au lieu de réexpédier la lettre par la poste, avait tenu à l'apporter lui-même.

Rambert eut, de nouveau, son vilain sourire. M. Pointat n'aimait pas ce sourire-là.

Dans la cuisine, Mme Pointat s'affolait : M. Grand allait venir dîner ; il était maintenant près de sept heures et demie et rien n'était prêt !

— Il y a quelque chose au dos de la lettre, dit Rambert, dans un souffle.

M. Pointat s'en fût bien aperçu seul, car, en bas de page, M. Grand avait ajouté : « *Voir au dos* ». M. Pointat tourna donc la feuille et, aussitôt, son expression trahit de l'ennui. Il avait lu ceci, en post-scriptum :

« *Comme convenu, j'apporterai le collier de perles. Tenez prêts les cent vingt mille francs.* »

M. Pointat regarda Rambert. Celui-ci continuait de grelotter près de la salamandre qui, pourtant, chauffait à plein.

« *J'apporterai le collier de perles. Tenez prêts les cent vingt mille francs.* »

Rambert, évidemment, avait lu cette phrase. C'était regrettable. D'abord, le fait que M. Pointat possédait cent vingt mille francs (les économies de toute une vie de travail) ne regardait personne. Ni le fait que, méfiant en une époque de dévaluations successives, il avait décidé de transformer cet argent en bijoux. En outre, Rambert n'avait aucun travail depuis six mois, et sûrement point d'argent. La lecture de cette phrase lui avait forcément été pénible.

— Oui, l'interprétation géomantique de M. Grand est amusante, reprit Rambert. Mais on pourrait en imaginer une autre, tout aussi pittoresque. Moins gaie, toutefois !

Pour la troisième fois, son sourire équivoque reparaissait.

Ses mains s'agitaient convulsivement sur ses genoux.

— Quelle autre interprétation ? demanda M. Pointat, mal à l'aise.

— Eh bien... Le ROUGE, par exemple. Le ROUGE a la couleur du vin, c'est entendu. Mais n'est-il pas aussi de la couleur du sang ?

M. Pointat pâlit.

— Le PUCEAU et La PUCELLE font songer à des couteaux, — d'accord ! poursuivait Rambert. *Des couteaux à découper,* précise M. Grand. Pourquoi « *à découper ?* »... *Pourquoi pas des couteaux à tuer,* tout simplement ? On peut très bien tuer quelqu'un, avec un couteau !

Il tremblait de la tête aux pieds ; ses doigts sautaient spasmodiquement. A présent, M. Pointat frissonnait, lui aussi. Mme Pointat, au seuil de la cuisine, écoutait avec une angoisse grandissante cet inquiétant monologue de Rambert.

— LA QUEUE DU DRAGON, et LA TETE DU DRAGON, reprit ce dernier, évoquent pour M. Grand un bougeoir et un tire-bouchon ? Mais n'ai-je pas le droit d'affirmer que, pour moi, elles évoquent des clés ?... Quelles clés, me direz-vous, et pour quoi faire, ces clés ?... Pour ouvrir, que sais-je ?... une armoire ! Une armoire où serait serré de l'argent !

— Je n'aime pas beaucoup ce genre de plaisanteries ! fit M. Pointat.

— Excusez-moi : je voulais rire ! Ce que j'en disais, c'était à cause du nombre considérable de traits. Assurément, ils font songer à une pile d'objets plats. Mais pourquoi spécialement des assiettes ? Pourquoi pas des... — que sais-je ?... — des billets de banque ? Et si les quatre points de la VOIE suggèrent à M. Grand l'idée de petits pois, pourquoi ne me suggéreraient-ils pas, à moi... des perles ?

Il rit. Son rire faisait le bruit d'une étoffe que l'on déchire. Il se leva. Il enfouit sa main droite dans sa poche de pardessus. M. Pointat, éperdu, recula jusqu'à la table, s'y adossa.

— Supposez... faisait Rambert, supposez que je ne sois pas un chômeur ! Que je n'aie nulle envie de travailler. Que je n'aie postulé un emploi chez M. Grand, bijoutier, que dans l'intention de le voler ? Et que je ne sois venu chez vous que pour vous assassiner, vous et votre femme, m'emparer de vos cent vingt mille francs, puis attendre l'arrivée de ce cher M. Grand, l'assassiner à son tour, et prendre les perles ?... Cela ne serait-il pas tout autant en accord avec le tableau de géomancie que le gentil petit dîner projeté. Qu'en dites-vous ?

Il regardait fixement M. Pointat. Il grelottait toujours, mais on comprenait à présent que ce n'était pas de froid.

Soudain, une horreur inexprimable s'empara de M. Pointat.

Rambert venait de tirer de sa poche un couteau à cran d'arrêt. D'une pression de l'index, il en faisait jaillir une longue lame.

Mme Pointat poussa un cri strident.

Puis il y eut le bruit de la chute d'un corps sur le parquet...

Une demi-heure plus tard, lorsque M. Grand arriva, il trouva le ménage Pointat plongé dans une morne stupeur.

Au sol, un cadavre : celui de Rambert.

Avant qu'il n'ait eu le temps de se servir de son couteau à cran d'arrêt pour en frapper M. Pointat, celui-ci, dans un réflexe de défense dont il ne se fût pas cru capable, avait saisi, sur la table, un long couteau à découper et l'avait plongé dans la poitrine de Rambert...

Ainsi fut assassiné celui qui était venu pour assassiner.

L'oracle de la géomancie s'était accompli. Oracle à double signification, comme la plupart des oracles...

Il y avait eu le « couteau à découper » imaginé par M. Grand à cause du PUCEAU et de la PUCELLE.

Et Rambert aussi avait eu raison : ce n'était pas la couleur du vin que le ROUGE désignait, mais la couleur du sang !

Seulement, Rambert ne se doutait guère que le sang qui coulerait, serait le sien !

Comme conclusion au Tableau géomantique de M. Grand, il y avait la REUNION dans *LA MAISON DU JUGE*.

LA REUNION, qui suggère par sa forme une table avec deux verres est symbole d'amitié, de bonne entente.

Mais les Romains appelaient LA REUNION : *Ferretrium* — ce qui signifie : *cercueil.*

Et, pour cette raison, ils lui attribuaient le sens de : *Mort.*

La Mort était dans la *Maison du Juge.*

Et il y avait eu mort d'homme, ce soir-là !

***

Dans les vêtements du défunt, on ne découvrit aucun papier.

Mais on trouva, à l'Identité Judiciaire, des empreintes identiques à celles de feu Rambert.

En conséquence, on convoqua une certaine Mme Ida, voyante extra-lucide, domiciliée rue de Lanneau, dans le Ve arrondissement, qui exerçait son art au moyen d'une boule de cristal et de tarots et prétendait lire l'avenir par ce procédé. On la mit en présence du cadavre.

Aussitôt, la femme fondit en larmes, car elle avait reconnu, en la personne du mort, son mari Marcel Ponteau, surnommé Bébé-Fakir, récemment évadé d'une prison de province.

V

LE TÉMOIN DE L'AVENIR (II)

L'hiver vint.

Dans la maison que Gilbert avait rebâtie, la vie se poursuivait, avec sa monotonie, avec sa douceur et sa patience, ses travaux, son effort têtu, qui ne recevait pas d'autre récompense que l'effort, avant le retour de l'été.

Et ce fut l'été...

Une belle journée de juillet... La terre, à perte de vue, couverte de récoltes.

— Tu viens faire un tour ? proposa Gilbert à Monique.

— Si tu veux.

— On pourrait pousser jusqu'au champ Chalard, voir ce que dit le blé.

— Je veux bien.

Il la prit gentiment par le cou.

Les blés du champ Chalard, hauts et drus, lourds et dorés, proclamaient que la récolte serait superbe. Gilbert rit de satisfaction.

— Ce blé, ça vaut bien la mer, — non ?

Il riait aussi pour un autre motif.

Il avait reçu l'avant-veille une lettre, qu'il avait cachée à Monique. Il consulta sa montre.

— On rentre ? dit la jeune fille.

— Tu es bien pressée !
— J'ai de la cuisine en train.
— Et deux servantes pour s'en occuper !... Non, mais, regarde ! Regarde !... Est-il assez beau, ce pays ? L'Océanie, ça ne peut pas être mieux !
Cela ne la fit même pas sourire.
— Tu es triste, Mouniquette ?
— Non.
— Je sais à quoi tu penses.
Il se reprit :
— *A qui* tu penses, il reviendra, va !
— Il ne sera pas là pour la moisson.
Presque une année d'attente, déjà. « Ce doit être terrible, une année de prison... »
Gilbert dressa l'oreille.
— Tu entends ? Un merle ! fit-il, avec un drôle d'air ; l'air de quelqu'un qui se moquerait gentiment.
Elle tourna vers son frère un visage soudain minci par l'émotion.
Ce sifflotement éloigné... Cet air sur trois notes...
— Mais, Gilbert... Ecoute...
— Le fait est que, pour un merle, il siffle drôlement ! fit Gilbert, faussement naïf.
Les épis s'étendaient entre eux et la route, et les blés étaient hauts, et Monique petite. Elle se haussait sur la pointe des pieds, pour tâcher de voir.
— Gilbert, tu entends ? On dirait que c'est...
— Mais, bien sûr, que c'est lui ! dit-il. Va donc, grande bête !...
Elle s'élança, dans un étroit sentier qui cheminait à travers le blé. Les épis la cachèrent tout de suite.
— Hé, cria son frère, fais attention où tu poses les pieds ! Ça n'est *tout de même* pas une raison pour piétiner le blé !
De l'autre côté du champ, Monique s'arrêta court.
Olivier était là, et lui souriait.
Il s'approcha d'elle. Il allait la prendre dans ses bras. Il interrompit son geste.

— Par exemple ! Voyez-moi cet espion ! fit-il. Décidément, nous n'arriverons jamais à être seuls !

Il montrait, à la cime d'une carotte sauvage, un escargot qui, comiquement tourné vers eux, paraissait effectivement les épier !

Un minuscule escargot pareil à celui qui rampait sur des œufs, dans le cabas de Monique, le jour où ils s'étaient connus, et pareil, également, à cet autre escargot qu'Olivier avait déposé dans un panier plein d'œufs, dans la cuisine de la ferme, et que Monique, par la fenêtre donnant sur le jardin, avait jeté dans un yucca. Si semblable que l'on eût dit que ces trois escargots n'en faisaient qu'un. Que c'était le même !

Témoin du Passé...

Témoin de l'Avenir...

Témoin de leur rencontre, et de leur grande détresse.

Témoin de leurs retrouvailles, et de leur grande joie.

Il y avait tant de soleil que, pour se regarder, ils étaient obligés de mettre une main en abat-jour sur leurs yeux.

FIN

Pierre Véry est né le 17 novembre 1900, dans une ferme charentaise à Bellon. Elevé dans l'univers féerique des contes de fées — sa mère était une excellente conteuse — il se nourrit dès son enfance de lectures toutes hétéroclites ; le second chapitre de « Léonard ou les délices du bouquiniste » est, à cet égard, très révélateur.

Il suivit son père, professeur de mathématiques, dans ses postes successifs, avant de rejoindre un internat où, au sein de la société des Chiche-capon, il nourrira des rêves de voyage. On retrouvera dans « Les Disparus de Saint-Agil » certaines anecdotes puisées à cette source.

En 1915, Pierre Véry vient rejoindre son père à Paris et fait la connaissance de Pierre Béarn ; ils feront ensemble de la littérature, de la bicyclette et du billard, comme Désiré Triboire le personnage principal du « Meneur de Jeu ».

Après une tentative d'embarquement sur un paquebot marseillais en partance pour l'Extrême-Orient, les deux compères désargentés se séparent et Pierre Véry trouve une place de cuisinier sur un cargo « L'Oued Yquem » desservant le Maroc et l'Espagne. De cette aventure avortée, naîtra le voyage de Nicolas Peucheny à la recherche de son père sur « La Route de Zanzibar ».

En 1925, de retour à Paris, Pierre Véry devient bouquiniste au 52, rue Monsieur-le-Prince à l'enseigne de la « Galerie du zodiaque » où l'on exposait les œuvres de Carco, Mac Orlan ou Pierre Béarn. Parallèlement, il commence une carrière de journaliste littéraire et donne à « Revue Européenne » des portraits d'écrivains.

En juillet 1929, il signe son premier roman aux Editions Gallimard : « Pont égaré » qui fut chaleureusement salué par la critique tout comme « Danse à l'Ombre » en 1930. Ce dernier, dédié à Malraux fut cité pour le Goncourt, le Renaudot et pour le prix de la Renaissance. Pierre Véry reçut le premier Grand Prix du Roman d'Aventures pour « Le Testament de Basil Crookes » qu'il avait publié sous le pseudonyme de Toussaint Juge.

Pierre Véry se lança alors dans une carrière d'écrivain de romans policiers. C'était l'époque où Gallimard tentait d'imposer sur le marché des auteurs de qualité avec des collections personnalisées. La série bleue de Pierre Véry débuta en 1932 avec « Meurtre Quai des Orfèvres » et s'acheva en 1935 avec le « Réglo ». Une seconde série blanche suivit avec « Les Disparus de Saint-Agil » jusqu'en 1937 sur onze titres. Pierre Véry publia encore un roman policier « Les Quatre Vipères » en 1934 à la librairie des Champs-Elysées. C'est chez Fayard que sortira « Goupi-Mains-Rouges ».

En 1938, Christian-Jaque porte à l'écran « Les Disparus de Saint-Agil » avec une prestigieuse distribution : Michel Simon, Eric von Stroheim, Le Vigan, Aimé Clariond. L'immense succès de ce film est l'amorce pour Pierre Véry d'une carrière d'adaptateur dialoguiste. Avec la sortie de « Goupi-Mains-Rouges » réalisé par Jacques Becker, en 1943, ce sera la renommée.

P. Véry signe encore en 1945 son premier et seul véritable roman fantastique « Le Pays sans Etoiles » qui sera également porté à l'écran.

A la suite d'une première attaque cardiaque en 1953, il s'associe à Maurice Renault pour coproduire une émission de radio « Fait divers » qui dura 4 ans et qui était mise en ondes par Pierre Billard. L'année même de sa mort, il publie deux romans de mystère pour la jeunesse « Signé Alouette » et « Les Héritiers d'Avril », dernier clin d'œil avant de s'éteindre le 12 octobre 1960.

Achevé d'imprimer en novembre 1986
sur presse CAMERON
dans les ateliers de la S.E.P.C.
à Saint-Amand-Montrond (Cher)

Le Rocher
28, rue Comte-Félix-Gastaldi
Monaco

Groupe des Presses de la Cité
8, rue Garancière
Paris 75006

Dépôt légal : novembre 1986.
N° d'Édition : CNE section commerce et industrie Monaco 19023
N° d'impression : 1339-868

Imprimé en France